I0743808

# flitterwochen zu dritt

# CHRIS KENISTON

Indie House Publishing

# KAPITEL 1

Als der Verlobte von Pam Stuart, ehemals Baker, ehemals Amadeo, ehemals – ganz kurz – Harris, geborene Watson, vorschlug, für ihre Hochzeit zu verreisen, hatte sie gewusst, dass dies ihre einzige Chance sein könnte, eine romantische Kreuzfahrt zu unternehmen.

„Was ist hiermit?" Angie Cannon, Pams Trauzeugin, hielt ein mit Rüschen besetztes knielanges Nachthemd mit Kunstpelzsäumen und zu vielen Stoffschichten hoch.

„Angie, ich bin kein Rockstar. Ich brauche nur etwas, das man leichter ausziehen als anziehen kann. Und das trifft bestimmt nicht auf dieses Teil zu." Was Pam wirklich brauchte, war etwas, das sie zehn Jahre jünger wirken ließ, nicht wie eine gealterte Barbie.

Angie zog eine Augenbraue hoch. „Wenn du es so eilig hast, es auszuziehen, verstehe ich nicht, warum du es überhaupt anziehen willst."

„Du weißt doch, dass Männer einen Jagdinstinkt haben, selbst nachdem man sich das Ja-Wort gegeben hat. Zumindest ein bisschen geheimnisvoll muss man bleiben."

„Geheimnisvoll, alles klar." Angie verdrehte die Augen und hielt ein einfaches transparentes Negligé mit dickerem Stoff an den richtigen Stellen in die Höhe. „Und das hier?"

Pam nickte und lächelte. „Jetzt hast du's begriffen." Sie fügte das Nachthemd dem wachsenden Berg an Kreuzfahrt-Outfits hinzu. Als sie das erste Mal geheiratet hatte, war es aus Liebe gewesen. Oder zumindest war es ihr im zarten Alter von achtzehn so vorgekommen. Jede Hochzeit danach hatte wohl eher aus Hoffnung als aus Liebe stattgefunden, aber sie hatte sich bei jedem Ehemann aufrichtig bemüht. Diesmal war sie schlauer gewesen und hatte alles auf die altmodische Art getan. Statt Feuerwerke und Schmetterlinge zu erwarten, hatte sie sich für Stabilität und Kompatibilität entschieden, und Leos beachtliches Bankkonto würde ihr ein Leben in Sicherheit ermöglichen.

Nicht, dass er kein netter Kerl war. Das war er. Ein sehr netter Kerl sogar. Freundlich, witzig, charmant, gut aussehend und ein ziemlich guter Küsser. Außerdem war es ihr zugute gekommen, dass er überaus wütend auf seine junge Ex-Frau gewesen und auf der Suche nach einer Lebensgefährtin in seinem Alter gewesen war. Pam war zwar nicht so alt wie er, aber sie war auch nicht jung genug, um seine Tochter zu sein. Ihr zukünftiger Ehemann hatte festgestellt, dass es weniger amüsant war, noch mal einen Mittzwanziger zu spielen, als er gedacht hatte. Pam war sich nicht einmal sicher, ob sie ihre Mittzwanziger *damals* überhaupt amüsant gefunden hatte.

„Ich glaube, das genügt." Pam unternahm einen erfolglosen Versuch, ihren Arm mit all der Kleidung zu heben. „Ich kann nicht glauben, dass wir in weniger als einer Woche auf Reisen gehen."

„Ich wünschte, es wäre schon morgen. Ich bin so bereit für ein wenig Entspannung und Erholung." Angie strahlte. „Und vielleicht für ein paar von den Baileys Banana Coladas, von denen Michelle so schwärmt."

„Das ist die richtige Einstellung." Pam lachte

angesichts des albernen Grinsens ihrer Freundin. Hätten sich die Heiratspläne ihrer ehemaligen Kollegin Michelle nicht überraschend zerschlagen, hätte sie Angie nie kennengelernt. Nun konnte sich Pam keine bessere Freundin vorstellen. „Und wer weiß, vielleicht lernst du ja auch die Liebe deines Lebens an Bord kennen, so wie Michelle."

„Keine Chance." Angie schüttelte den Kopf. „Ich freue mich, sie und Kirk wiederzusehen. Es ist eine Weile her. Ich wünschte nur, sie würden ihr Baby mitbringen."

„Ich kann es ihnen nicht verübeln, dass sie die Kleine zu Hause lassen. Ich finde es auch schade, dass Corrie nicht kommen kann; Michelles Schwester ist so schnell erwachsen geworden. Aber babyzusitten und Michelle und Kirk auf Reisen zu schicken, war eine schlaue Idee." Pams Handy klingelte. Sie erschrak, als sie die bekannte Ortsvorwahl sah. Es war Jahre her, dass sie mit jemandem aus ihrer Heimat gesprochen hatte. Seit dem Tag, als sie ihren Vater beerdigt hatte, war sie nicht mehr in diesem trostlosen Ort gewesen; damals hatten all die älteren Leute nichts Besseres zu tun gehabt, als vergangene Geschichten aufzuwärmen. Nein. Wer ständig die Vergangenheit wieder aufleben lassen wollte, musste sich eine andere Person dafür suchen. Sie hatte sich genügend Meinungen über ihre schnelle Heirat und die noch schnellere Scheidung anhören müssen, ehe sie Podunk in Georgia verlassen hatte.

„Wer ist es?"

„Keine Ahnung." Sie lehnte den Anruf ab, zog scharf die Luft ein und verdrängte die negativen Erinnerungen. Nicht, dass die kurze Ehe fürchterlich gewesen wäre – sie hatte Gil geliebt, und sie war gern Mrs Pamela Harris gewesen, aber der Preis, verheiratet zu bleiben, wäre zu hoch gewesen – für Gil. „Lass uns

Halt am *Bun Shack* machen. Ich habe Heißhunger auf einen Cheeseburger mit Schweizer Käse, Zwiebeln und allem Drum und Dran.“

Wieder klingelte das Telefon, und wieder wurde die gleiche Nummer angezeigt. Was zur Hölle konnte dahinterstecken?

„Klingt, als wollte jemand dringend mit dir reden.“

Und Pam war nun neugierig genug, um den Anruf anzunehmen. „Hallo?“

„Pammy? Ist das noch deine Nummer?“

Niemand nannte sie mehr Pammy. „Ja, hier ist Pam.“

„Oh, gut. Hier ist Marjorie Lane. Ich hab deine Nummer noch von damals, als dein Daddy krank war.“

Die alte Dame hatte sich in seinen letzten Monaten liebevoll um ihren Vater gekümmert. Ganz egal, wie sehr die Frau Klatsch liebte, Pam konnte sich nicht dazu bringen, unhöflich zu sein. „Schön, von Ihnen zu hören, Mrs Lane.“

„Pammy, ich weiß, dass es mich nichts angeht, aber es gibt viel Gerede im Ort.“

Lieber Himmel, was war es denn diesmal? Hatten die Leute nach all den Jahren die Gerüchte nicht satt?

„Offenbar hat jemand aus irgendeiner schicken Anwaltskanzlei in Chicago das Bezirksgericht kontaktiert. Eloise Hannigan sagt, sie wollen Akten einsehen.“ Sie machte eine lange Pause, und Pam fragte sich, ob die Verbindung unterbrochen worden war. Oder vielleicht hatte die alte Dame aufgelegt. „Es sind deine Akten, die sie einfordern. Ich hab nicht verraten, dass ich dich vielleicht erreichen könnte, aber ich dachte, ich bin es deinem Daddy schuldig, dich zu informieren. Du weißt schon, der alten Zeiten wegen. Nur zur Vorsicht. Aber worum es auch immer gehen mag, wenn Anwälte involviert sind, kann es nichts Gutes bedeuten.“

„Danke, Mrs Lane. Ich weiß Ihren Anruf sehr zu schätzen, aber es ist wahrscheinlich nur ein Betrugsversuch. Irgendein Prinz will mir sein Vermögen vererben."

„Nun, der gleiche …"

„Ich bin mir sicher, es steckt nichts dahinter." Pam rief sich in Erinnerung, dass die alte Dame die einzige Freundin gewesen war, die ihr Vater seit dem Tod ihrer Mutter gehabt hatte. „Vielen Dank noch mal."

„Jetzt, wo ich weiß, dass du noch die gleiche Nummer hast, melde ich mich einfach wieder, falls ich noch was höre. Pass auf dich auf, Liebes."

Ehe Pam noch einmal wiederholen konnte, dass es keinen Grund zur Sorge gab, hatte die alte Dame aufgelegt und sie mit einem unbehaglichen Gefühl zurückgelassen. Das Letzte, was sie jetzt – so kurz vor ihrer Hochzeit – gebrauchen konnte, war, dass ihre Vergangenheit sie einholte.

Für Gil Harris gab es eine Menge guter Gründe zu heiraten. Dinge, auf die er sich freute. Doch diese Höhle voller mürrisch dreinblickender Anwälte am heutigen Morgen gehörte nicht dazu.

„Es scheint eine kleine Unstimmigkeit in den aktuellen Akten zu geben."

Das letzte Mal, als die Anwälte etwas *Kleines* erwähnt hatten, waren Aktenberge und stundenlange Klärungsgespräche gefolgt. Nicht zwischen ihm und Karen, denn sie hatten kein Problem mit den Vereinbarungen. Bei Karens Vater sah das Ganze schon anders aus. Der Mann hatte Gil Stapel aus Unterlagen vorgelegt, die er knapp einen Monat vor der Hochzeit unterschreiben sollte. Der heutige Ehevertrag sollte die letzte Hürde sein.

Er zählte bis zehn, ehe er die unumgängliche Frage stellte. „Welche Unstimmigkeit?"

„Ihr Familienstand."

„Was soll damit sein? Ich bin ledig."

„Nein." Der leitende Anwalt in dem dunkelblauen Anzug mit der roten Krawatte schüttelte den Kopf.

„Okay, ich bin geschieden. Das kommt aufs Gleiche hinaus."

Diesmal schüttelten alle drei Anwälte den Kopf. Das unbehagliche Gefühl in seiner Magengrube sagte ihm, dass es kein Scherz war.

„Wie es scheint", sagte der Anwalt auf der linken Seite und schob ihm ein Blatt zu, „ist es nicht so, wie sie angegeben haben."

Gil betrachtete das Blatt vor ihm. Eine Kopie der Heiratsurkunde mit Pam. Sie waren nur wenige Wochen verheiratet gewesen, als sie die Scheidung eingereicht hatten. Als er aufblickte, wurde ihm noch ein Blatt zugeschoben. Die Scheidungspapiere, die er widerwillig unterzeichnet hatte und die er Karens Anwalt zusammen mit seinen Kontoauszügen, Steuererklärungen und seiner Blutgruppe gegeben hatte. „Was geht hier vor sich?"

„Die Scheidungspapiere wurden nur von einer Person unterschrieben."

„Das liegt daran, dass es meine Kopie ist. Die Kopie, die bei den Behörden eingereicht wurde, sollte auch Pams Unterschrift enthalten." Gil widerstand dem Drang, die Augen zu verdrehen. Er hatte keine Zeit für so was. „Meine Herren, geben Sie mir einfach den aktuellsten Entwurf des Ehevertrags, damit Karen und ich endlich heiraten können."

„Das ist ja das Problem. Kein Bezirk in ganz Georgia hat Unterlagen, die Ihre Scheidung belegen. Sie können Karen nicht heiraten." Alle drei Männer schüttelten die Köpfe, und Gil drehte sich der Magen um. „Ob es Ihnen gefällt oder nicht, Sie und Pamela Watson sind immer noch verheiratet.“

# KAPITEL 2

Wer hätte gedacht, dass es im Zeitalter von Internetsuchmaschinen so schwer sein würde, seine temperamentvolle rothaarige Ex-Frau ausfindig zu machen?

„Der Bericht ist recht umfassend, wenn man den kurzen Zeitrahmen bedenkt, den Sie uns gegeben haben."

Nach zwei Tagen Internetsuche nach Pamela Elizabeth Watson hatte Gil aufgeben und einen Privatdetektiv engagieren müssen.

Zuerst hatte er die vielen Seiten, die er von dem Privatdetektiv erhalten hatte, gelassen durchgeblättert und nur überflogen. Nun schaute er sich die Einzelheiten an. Pam hatte offenbar auch mit ihrem zweiten Ehemann nicht mehr Glück gehabt. Und auch nicht mit ihrem dritten. Er spürte einen kleinen Stich im Herzen. Die ganze Zeit über hatte er gehofft, sie hätte jemanden gefunden, mit dem sie so glücklich war, wie sie es in den ersten paar Wochen zusammen gewesen waren, bevor sich alles verändert hatte.

Er zog die Luft ein und legte den Bericht zur Seite. „Sie sind sich sicher, dass es die richtige Pam Watson ist?"

Der schlaksige Mann, der ihm am Schreibtisch gegenübersaß, nickte knapp. „Ich habe auch ein Foto in den Umschlag gelegt."

Ein Foto? Gil griff in die Mappe, in der sich der

Bericht befunden hatte, und drehte sie um. Ein einzelnes Bild fiel heraus. Der Beweis, um den er gebeten hatte. Er betrachtete das Foto. Pam hatte immer hellblaue Augen gehabt. Er hatte damit gerechnet, dass sie mittlerweile andere Kleidung trug, doch noch immer stach sie mit ihrem Stil aus der Masse hervor. Er schmunzelte. Als er mit Pam zusammen gewesen war, hatte er nie gewusst, was ihn erwartete, und irgendetwas sagte ihm, dass dies auch heute noch so wäre. Vorsichtig hob er das Foto an der Ecke an und studierte es eingehender. Genauso wie er wirkte sie ein paar Jahre älter, aber sie sah noch immer auffallend gut aus. In ihren Augen lag das gleiche Funkeln, bei dem sich alle im Raum fragten, was sie wusste, das sie selbst nicht wussten. Sie war immer noch genauso schlank und dennoch kurvig. Laut Bericht waren aus keiner Ehe Kinder hervorgegangen.

„Vielen Dank." Er drückte sich vom Schreibtisch ab und erhob sich. „Den Rest können Sie mir überlassen."

Der Privatdetektiv streckte ihm die Hand entgegen. „Kontaktieren Sie uns, falls wir noch etwas tun können."

Gil blieb stehen, bis der Detektiv die Bürotür hinter sich geschlossen hatte, und ließ sich dann langsam wieder auf seinen Stuhl sinken.

Viele Leute in ihrem kleinen Heimatort hatten darüber spekuliert, was die beiden dazu veranlasst hatte, so schnell zu heiraten und sich ebenso schnell wieder scheiden zu lassen. Dabei hatten sie stets Pam die Schuld gewesen, was nicht berechtigt war. Dorfgemeinschaften waren oft gemein zu denen aus ihrer Mitte. Er konnte es Pam nicht verdenken, dass sie es eilig gehabt hatte, den winzigen Ort in Georgia hinter sich zu lassen.

Nach seinem Collegeabschluss hatte er auch nicht

in den kleinen Ort mit seinen engstirnigen Menschen zurückkehren wollen. Mit einem Masterabschluss und der Aussicht auf eine erfolgreiche Karriere standen Besuche in Porterville bestimmt nicht auf seiner Prioritätenliste. Es war einfacher für seine Eltern, ihn zu besuchen. Und nun, da er mehrere Nichten und Neffen hatte, die in unterschiedlichen Kleinstädten lebten, fanden Familientreffen an unterschiedlichen Orten statt. Vielleicht würden es Karen und er dieses Jahr schaffen, seine Schwester Tammy an Thanksgiving zu besuchen. Es wäre das erste Mal seit Jahren, dass die ganze Familie zusammenkommen würde, und irgendetwas an der Tatsache, dass er Pam gesucht hatte, brachte ihn dazu, seine Familie mehr zu vermissen, als er es sich bisher gestattet hatte. Doch nun stand er vor einem neuen Dilemma. Sollte er Pam einfach anrufen? Für einen langsamen Schriftwechsel blieb keine Zeit. Und auch wenn viele Jahre vergangen war, wollte er ihr nicht einfach eine kalte, unpersönliche E-Mail senden. Seufzend legte er das Foto ab und griff nach seinem Telefon. Es war nicht der beste Weg, komplizierte Nachrichten zu überbringen, aber für etwas anderes blieb keine Zeit.

In Wahrheit sehnte er sich mehr danach, ihre Stimme zu hören, als es angebracht war.

Gil wählte die Nummer, die auf der ersten Seite des Berichts stand, lehnte sich auf seinem Stuhl zurück und wartete darauf, dass der Ruf durchging. Beim ersten Klingeln zog sich sein Magen zusammen, und er atmete tief durch, um sich zu entspannen. Als es zum zweiten Mal klingelte, stieß er die Luft aus. Das dritte Klingeln wurde von einem kühlen „Hallo?" unterbrochen.

Er merkte sofort, dass sie nicht glücklich über die Störung war. Wahrscheinlich vermutete sie, man wolle ihr etwas verkaufen.

„Pam?"

Am anderen Ende der Leitung wurde es ein wenig länger still, als er erwartet hatte. Er wollte gerade erklären, wer er war, als sie mit leiserer und schwacherer Stimme antwortete.

„Ja…aa?"

Eigentlich hätte er ihre Stimme nicht anhand einer langgezogenen Silbe erkennen sollen, aber der kurze kehlige Klang versetzte ihn um Jahre zurück. „Pam, hier ist Gil. Gil Harris."

Noch eine lange Pause, sodass er sich auf seinem Stuhl wand und sich fragte, ob es nicht doch klüger gewesen wäre, wenn er den Detektiv damit beauftragt hätte, sich darum zu kümmern.

„Hi Gil."

„Du klingst gut." Was für eine alberne Bemerkung, aber es war die Wahrheit.

Pam stieß ein nervöses Lachen aus. „Und das kannst du anhand von zwei Wörtern hören?"

„Ja." Er entspannte sich. „Das kann ich."

„Wie geht es dir?" Auch ihre Stimme klang nun weniger gestresst und mehr so wie damals. Beinahe, als würde er ihr etwas bedeuten.

„Gut. Ich heirate in ein paar Wochen." Es brachte nichts, die Sache hinauszuzögern.

„Oh." Ihre Stimme klang nun etwas höher und angestrengter. „Das ist … schön."

„Deshalb rufe ich auch an …"

„Um mir zu sagen, dass du heiratest?" Diesmal klang ihr Tonfall etwas schärfer.

„Nun, ja und nein", erwiderte er. Und mit einem Mal wurde ihm bewusst, dass er es ihr nicht einfach ohne Einleitung und am Telefon offenbaren konnte.

„Pass auf", fuhr sie ungeduldig fort, ehe er etwas sagen konnte, „es ist wirklich nett, dass du anrufst. Aber ich bin etwas gestresst. Meine Trauzeugin und ich suchen gerade nach einem passenden Koffer und müssen uns Kleidung für eine zweiwöchige Reise aussuchen, die unter fünfundzwanzig Kilo wiegen, und sie einpacken, ohne dass das Hochzeitskleid zerknittert. Und mein Verlobter hätte bestimmt kein Verständnis dafür, wenn ich heute Abend keine Zeit habe, ihn zu sehen. Eigentlich soll ich heute Abend im Hafen von Miami sein, weil wir morgen mit der *Atlantis* ablegen. Vielleicht können wir noch mal telefonieren, wenn ich zurück bin."

„Du heiratest schon *wieder*?" Kaum hatte er den Satz ausgesprochen, wusste er, dass er einen Fehler gemacht hatte. Hätte er ihr doch einfach gratuliert. Nun hatte er wie ein urteilender Mistkerl geklungen, statt wie ihr *Ehemann*. „Ich meine …"

„Vergiss es. Ich hab keine Zeit. War nett, mit dir zu sprechen, ich muss jetzt los. Wer auch immer sie ist, ich bin mir sicher, sie kann sich glücklich schätzen."

„Nein …" Die Verbindung wurde unterbrochen. „Du verstehst es nicht", murmelte er ins Nichts.

Was jetzt? Er starrte auf sein Telefon. Sollte er sie noch mal anrufen? Damit würde er wohl nichts erreichen, außer sie so zu verärgern, dass sie wieder auflegte. Wenn sie überhaupt ranging. Außerdem gab es ein größeres Problem. Wenn er alle Aufgaben an den Privatdetektiv übertrug, würde er sie vielleicht vor ihrer Hochzeit nicht mehr erreichen und sie würde ihren Verlobten illegal heiraten. Das durfte er nicht zulassen. Ganz zu schweigen davon, dass er keine Ahnung hatte, wen sie heiraten wollte und ob er die Sache begreifen würde.

Wohin sollte er sich also wenden? *Atlantis*. Hafen von Miami. Er legte sein Telefon auf den Schreibtisch und tippte etwas in seinen Computer ein. Schon bald hatte er alle Informationen. Die *Atlantis* würde morgen um siebzehn Uhr zu einer zweiwöchigen Kreuzfahrt ablegen. Wunderbar. Aber er musste die Sache schnell klären. Er brauchte nur ein paar Minuten, um ihr alles zu erklären und sich sagen zu lassen, in welchem Bezirk sie die Scheidungspapiere unterzeichnet hatte. Zumindest hoffte er, dass es so einfach werden würde. An eine andere Möglichkeit wollte er vorerst nicht denken.

Nach einer weiteren kurzen Recherche wusste er, dass es nur drei oder vier Flüge gab, die sie nehmen konnte, um es zum Schiff zu schaffen. Wenn er morgen früh den ersten Flug von Chicago nach Miami nahm, blieb genug Zeit, ehe sie den Flughafen verließ, damit er seine Antworten bekommen konnte, und er wäre wieder zu Hause, ehe Karen seine Abwesenheit bemerken würde. Zumindest hoffte er das. Sonst hätte er mit zwei sehr unglücklichen Frauen zu kämpfen.

An Deck und bereit, sich von Miami zu verabschieden, betrachtete Pam die Menge, die immer noch an Bord strömte.

„Ist Leo schon auf dem Schiff?", fragte Angie und reckte die Nase in die Luft, um die Sonne Floridas zu genießen.

„Seit dem Moment, in dem sie die Passagiere an Bord gelassen haben. Du kennst ihn, er ist immer der Erste in der Warteschlange. Er hat schon die Suite bezogen."

„Ich finde es romantisch, dass ihr euch keine Kabine teilt, ehe ihr auf St. Martin geheiratet habt."

„Ich hab mir gedacht, ich mache es diesmal auf die altmodische Art. Außerdem glaube ich, dass die Spannung dann für Leo besonders groß wird."

Angies Telefon gab einen Ton von sich. „Oh,

Michelle und Kirk haben gerade eingecheckt. Sie werden oben essen gehen und fragen, ob wir mitwollen."

Pam wäre lieber an Deck geblieben, um die Menge zu beobachten und die Hitze von Miami zu genießen. Sie verstand, warum viele Menschen in den Süden zogen. Am liebsten wäre sie in eine Kabine auf einem Kreuzfahrtschiff eingezogen und hätte sich auf eine endlose Reise begeben. „Du kannst keinen Hunger haben."

„Nein, den habe ich auch nicht." Angie stützte sich auf der Reling ab. „Ich habe immer noch mit der Zeitumstellung zu kämpfen."

„Und vergiss nicht, dass du am Flughafen zwei Sandwiches von Subway gegessen hast."

Angie schmunzelte und zuckte mit den Schultern. „Ich hatte keine Zeit zum Frühstücken, bevor wir losmussten."

Zwei Männer lehnten sich neben Pam über die Reling. Sie sahen nicht schlecht aus, aber die Frage war, ob sie nur zusammen reisten oder zusammen *waren*. Auch wenn das keine Rolle spielte, sie war schließlich vergeben. Dennoch konnte Angie ein wenig Spaß in ihrem Leben gebrauchen. Sie war zu jung, um sich zu Hause abzuschotten und fast jeden Tag lange zu arbeiten. Die wenigen Male, als Pam es geschafft hatte, sie zum Ausgehen zu bewegen, waren sie nur ins Kino oder in ein Restaurant gegangen. Ihre Freundin begleitete sie selten in Bars oder Clubs. Pam hoffte wirklich, dass sich Angie auf der Kreuzfahrt ein wenig entspannen würde.

„Sieht aus, als würde das Wetter halten", sagte der größere der beiden Männer mit den sandblonden Haaren in ihre Richtung.

„Gibt es in Florida überhaupt schlechtes Wetter?" Pam legte den Kopf schief und studierte die beiden.

„Hängt davon ab, ob man Regen mag." Der Blonde hielt ihr seine Hand hin. „Brian Reynolds, und das ist mein Bruder Taylor."

„Freut mich, euch kennenzulernen." Sie reichte den beiden ihre Hand. „Ich bin Pam, und das ist meine Freundin Angie."

„Seid ihr beide allein unterwegs?", fragte Taylor, als hätte er mit einem Mal beschlossen, dass es keine schlechte Idee war, mit Fremden zu reden.

„Ein paar Freunde begleiten uns. Ich heirate auf dieser Kreuzfahrt."

„Herzlichen Glückwunsch." Für einen Moment schien Enttäuschung in seinen Augen aufzublitzen, aber das konnte nicht sein, schließlich war sie einige Jahre älter als er. „Tolle Location für eine Hochzeit."

„Angie ist meine Trauzeugin. Der Bruder meines Verlobten ist sein Trauzeuge. Er ist mit seiner Frau und seinen zwei Kindern angereist. Meine beste Freundin und ihr Mann sind aus Kalifornien gekommen. Eine kleine, intime Feier."

Pam fiel auf, dass Taylor Angie ansah. Vielleicht würde Angie auf dieser Kreuzfahrt mehr Spaß haben als angenommen.

„Nur wir sieben und die Kinder."

„Sie sind eigentlich keine Kinder, sie sind schon auf dem College", fügte Angie hinzu, der Taylors Interesse offenbar entging.

„Klingt toll." Das Lächeln des Blonden wirkte aufrichtig.

Zu einer anderen Zeit und an einem anderen Ort hätte es aufregend sein können, ihn besser kennenzulernen. Aber jetzt nicht mehr. Pam würde nun richtig sesshaft werden.

Als ihr Telefon klingelte, schaute sie nicht nach, welche Nummer auf dem Display angezeigt wurde. „Das muss Michelle sein, die uns überreden will, mit zum Essen zu kommen. Als hätten wir in den nächsten zwei Wochen nicht ohnehin vierundzwanzig Stunden am Tag die Möglichkeit dazu. Hallo?"

„Pam."

Eine Silbe, und sie erkannte die Stimme sofort. Wie konnte ein Wort von dem Mann nach all den Jahren noch immer ein Kribbeln in ihr verursachen? Sie entfernte sich von Angie und kehrte ihr und den beiden Männern den Rücken zu. „Gil, ich dachte, wir hätten uns darauf geeinigt, dass es nichts zu besprechen gibt."

„Das haben wir nicht. Ich muss dir etwas sehr Wichtiges sagen. Aber das mache ich lieber von Angesicht zu Angesicht. Bist du noch hier am Flughafen?"

Pam schaute sich um. Was meinte er mit *hier*?

„Nein. Ich hab dir doch gesagt, dass ich eine Kreuzfahrt mache, um zu heiraten." Sie entfernte sich noch ein Stück von den anderen. „Gil, ich fühle mich geschmeichelt, dass du mich besuchen willst, aber es ist einfach kein guter Zeitpunkt. Ich muss jetzt wirklich los."

„Leg nicht auf! Bitte."

Fast hätte sie es getan, doch irgendwas an seinem verzweifelten Tonfall ließ sie aufhorchen.

„Pam, ich muss wissen, wo du die Scheidungspapiere eingereicht hast. In welchem Bezirk."

„Wo *ich* die Scheidungspapiere eingereicht habe?"

„Ja."

„Ich habe nichts eingereicht. Ich hab die Papiere unterschrieben, die mein Anwalt mir gegeben hat. Sein Assistent hat mir gesagt, dass dein Anwalt sie einreichen würde, wenn du unterschrieben hast. Frag ihn, wo er das getan hat."

Die Säure, die seit zwei Stunden in Gils Magen brodelte, begann, in seiner Kehle aufzusteigen, als ihm klar wurde, dass er Pam am Flughafen verpasst hatte.

Soweit er sich erinnerte, hatte er die Unterlagen unterschrieben, und sein Anwalt wollte sie an Pam weiterleiten, damit sie unterschrieb, ehe sie und ihr Anwalt die Papiere einreichten. Er selbst hatte ihre Unterschrift nie gesehen. „Pam, bist du dir sicher?"

„Was soll das heißen? Ich hab in der Anwaltskanzlei gesessen, hab auf der gepunkteten Linie unterschrieben und bin wieder gegangen."

Er warf sich seinen Rucksack über die Schulter, ging an den Gepäckbändern vorbei und in Richtung Taxistand. „Es ist wirklich wichtig, Pam." Er musste tief durchatmen, um sich zu beruhigen. „War meine Unterschrift schon drauf?"

„Ich bin keine senile alte Dame, Gil. Ich erinnere mich an den Tag, als wäre es gestern gewesen. Es ist nicht so, als würde man in den Supermarkt gehen, um Milch und Brot zu kaufen. Mr Henrys Assistent hat die Unterlagen aus dem Drucker geholt, sie mir vorgelegt und mir gezeigt, wo ich unterschreiben muss. Und meine Unterschrift war die einzige."

Gil blieb stehen. Er legte sich Zeigefinger und Daumen an den Nasenrücken und überlegte, wie er es am besten in Worte fassen sollte. „Du musst jetzt ruhig bleiben, aber was ich dir sagen werde, ist die Wahrheit. Und wenn du dir wirklich sicher bist, dann stecken wir in der Klemme."

„Inwiefern?" Der Anflug von Verärgerung war nun aus ihrer Stimme verschwunden und Nervosität gewichen.

„Pam, wir sind immer noch verheiratet."

# KAPITEL 3

In letzter Sekunde ein Ticket für die Kreuzfahrt zu kaufen, war der erste Schritt von Gils verzweifeltem Versuch, die Sache zu klären. Da er nur für eine Nacht gepackt hatte, würde er schnell etwas Neues kaufen müssen. Und da ihm bis zum Ablegen des Schiffes nur zwei Stunden blieben, konnte er nicht wählerisch sein. Ein kurzer Abstecher zu Walmart war seine beste Option. Der Taxifahrer ließ nur allzu gern den Zähler weiterlaufen, während Gil in den Laden ging. Zum Glück bestand keine Gefahr, dass er jemanden treffen würde, den er kannte.

Außer Pam. Aus irgendeinem Grund wollte er nicht, dass sie ihn in Walmart-Kleidung sah – so wie früher, als sie geheiratet hatten. Stattdessen sollte sie sehen, was er aus sich gemacht hatte. Den Mann, zu dem er geworden war. Aber welchen Unterschied sollte das machen? Es ging nicht um sie beide, sondern um ihre Scheidung.

Eine Scheidung auf Reisen. Warum nicht? Auf dem Schiff musste es Internet geben, und seine Anwälte würden sich ihren Honorarvorschuss verdienen. Er hoffte, dass alle Probleme beseitigt sein würden, wenn die *Atlantis* am nächsten Hafen anlegte. Pam würde heiraten können, und er wäre zurück in Chicago, um die riesige Feier zu begehen, die Karens Familie organisiert hatte. Er würde lieber auf einer einsamen Insel leben, als vor der Anwaltskanzlei

*Buchanan, Buchanan und Foster* zuzugeben, dass die Angabe seines Familienstandes nicht rechtens war.

Vorhin im Taxi hatte er seinen Anwalt angerufen. Der Mann hatte die Dreistigkeit besessen, im Gerichtssaal zu verweilen und Geld zu verdienen.

Nun riss Gil die Preisschilder von der Kleidung und warf sie in seine Tasche. Als das Taxi am Hafen anhielt, klingelte Gils Telefon. Mit Headset im Ohr reichte er dem Fahrer das Geld und ein großzügiges Trinkgeld und erklärte seinem Anwalt eilig das Dilemma. „Ich weiß nicht, wer es vermasselt hat, aber Sie haben zwei Tage, bis wir am nächsten Hafen anlegen, um herauszufinden, was passiert ist und wer es wieder geradebiegen kann."

„Das sollte kein Problem sein. Finden Sie heraus, wann die Hochzeit Ihrer Ex-Frau stattfinden soll, und wenn wir Glück haben, können wir die Scheidung vorher finalisieren."

„Diesmal muss es richtig vonstattengehen, Stewart. Ich will mich nicht mit Larry, Curly und Mo von *Buchanan, Buchanan und Foster* auseinandersetzen, ehe ich die richtigen Antworten habe. Und ich möchte Karen nicht enttäuschen. Ihre Eltern haben sie wegen dieser Hochzeit ganz schön in die Mangel genommen. Alles muss reibungslos funktionieren."

„Dann ist eine Scheidung im Ausland Ihre einzige Option. Wir müssen neue Unterlagen für Ihre Frau erstellen."

Sein Herz rutschte ihm angesichts dieser ungewohnten Bezeichnung in die Hose.

„Doch selbst dann ist es fast unmöglich, die Scheidung noch vor der Hochzeit von einem Anwalt finalisieren zu lassen."

„Na schön. Dann lassen wir uns *hier* auf die Schnelle scheiden *und* noch mal in Illinois. Nun bin ich schon bis hierher gekommen, den Rest werde ich auch noch schaffen.“

Gil bahnte sich einen Weg durch die Warteschlangen und die Passkontrolle. Es war ein Wunder, dass er seinen Pass überhaupt mitgenommen hatte, als er in Chicago aufgebrochen war. Als Nächstes musste er Karen anrufen und ihr die Sache erklären. Dann würde er im Büro Bescheid geben, dass alle Meetings in den nächsten drei Tagen abgesagt werden mussten. Er würde, so gut es ging, vom Schiff aus arbeiten. Das war zwar nicht die praktischste Lösung, aber dennoch musste er zugeben, dass er sich freute, Pam wiederzusehen.

„Okay, einmal durchatmen und dann noch mal von vorn.“ Michelle Bradford McEntire schob Pam auf den Hocker und reichte ihr eine Flasche Wasser. Sie hätte ihrer Freundin gern etwas Stärkeres gegeben, aber die nächstgelegene Bar war noch nicht geöffnet, und sie wollte nicht auf dem ganzen Schiff nach einer anderen suchen.

„Ich bin verheiratet.“

„Das hast du schon gesagt.“

„Sie redet wirres Zeug, seitdem sie den Anruf beendet hat.“ Angie wedelte verzweifelt mit den Armen. „Sie hat sich umgedreht, ist weggegangen und hat dabei ‚Houston, wir haben ein Problem‘ gemurmelt. Ich musste ihr hinterherrennen. Am Ende ist es mir gelungen, sie in Richtung Lounge zu schieben und dich anzurufen.“

„Du musst nicht so reden, als wäre ich nicht anwesend“, meldete sich Pam schließlich zu Wort.

„Gut, dann erzähl uns alles.“

„Ich glaube, gut ist hier nichts.“ Pam atmete tief ein

und stieß die Luft kontrolliert wieder aus. „Mein erster Mann will sich nach dem Abendessen mit mir treffen."

Michelle war sich nicht sicher, wer schockierter aussah – Pam oder Angie. Aber auch sie selbst hätte niemals mit so einer Wendung gerechnet. „Dein erster Mann ist hier auf diesem Schiff?"

Pam nickte.

„Was für ein Zufall." Angie zuckte mit den Schultern.

„Es ist kein Zufall." Pam, die nun wieder etwas mehr Farbe im Gesicht hatte, schaute ihre Freundinnen an. „Er heiratet in ein paar Wochen."

„Okay." Angie lehnte sich zurück und verschränkte die Arme vor der Brust. „Du musst zugeben, dass zumindest das ein Zufall ist."

Pam ignorierte die Bemerkung. „Er brauchte für die Anwälte seiner Verlobten, die den Ehevertrag aufsetzen, eine Kopie der Scheidungspapiere."

„Ah, er heiratet also eine reiche Frau." Angie beugte sich wieder vor.

Pam ignorierte auch diese Bemerkung. „Wie es aussieht, gab es ein Missverständnis, und keiner von unseren Scheidungsanwälten hat die Unterlagen eingereicht und finalisiert."

Nun begriff Michelle, was vor sich ging. „Ihr seid also noch verheiratet."

Pam nickte langsam und hielt dann inne. „Heilige Scheiße." Sie sprang auf. „Ich muss mir die Haare machen. Und vielleicht zur Maniküre gehen." Sie schaute runter zu ihren Sandalen. „Und eine Pediküre. Ich kann nicht bis zu meinem Termin diese Woche warten. Das Kleid trage ich schon seit Tagesanbruch. Ich muss fürchterlich aussehen."

„Das Kleid ist wunderbar, und deine Nägel sehen gepflegt aus", versetzte Angie und schüttelte den Kopf.

„Aber meine Haare nicht?" Pam schaute Angie

stirnrunzelnd an und befühlte ihr sorgsam hochgestecktes Haar.

„Hey!" Michelle hob die Hände und starrte Pam an. „Hast du den Verstand verloren? Du siehst gut aus."

„Gut für was? Ich hab den Mann nicht mehr gesehen, seit ich achtzehn war. Seitdem ist einiges der Schwerkraft zum Opfer gefallen. Vielleicht will ich ihn nicht zurück, aber ich will auf jeden Fall, dass er sich darüber ärgert, dass er mich damals hat gehen lassen."

„Okay." Angie lachte. „Das ist die Pam, die wir kennen."

Michelle lachte auch. „Nun gut. Das ist ein Argument. Wann öffnet das Spa?"

„Alles öffnet, wenn wir abgelegt haben."

Pam schaute auf die Uhr. Sie konnte hören, dass die Calypso-Band an Deck spielte. „Mir bleiben drei Stunden bis zum Abendessen."

Ein breites Grinsen erschien auf ihrem Gesicht. Jegliche Anzeichen von Nervosität und Schock verschwanden, und die starke Frau, auf die sich Michelle während einer schweren Phase ihres Lebens hatte verlassen können, kam wieder zum Vorschein.

„Wenn ich im Salon fertig bin", Pam stemmte die Hände in die Hüften, „wird Gilbert Daniel Harris nicht wissen, wie ihm geschieht."

Gil hatte keine Ahnung, wo er heute Abend essen würde. Und es war ihm auch egal. Das Einzige, woran er seit Stunden denken konnte, seitdem er an Bord gegangen war, war die Tatsache, dass er seine erste Liebe wiedersehen würde. An einem Tisch mit Fremden zu essen, kam ihm genauso erstrebenswert vor, wie nackt in einem Kaktusbeet zu tanzen. Er entschied sich für ein schnelles Büffet-Abendessen an Deck. Danach würde er sich um zehn Uhr mit Pam in der *Lido Lounge* treffen.

Statt umherzugehen und die Menge abzusuchen, beschloss er, an einem leeren Tisch mit gutem Ausblick auf Vorbeikommende Platz zu nehmen. Da er noch mehr als eine Stunde Zeit hatte, ehe Pam kommen würde, wechselte er von Bourbon zu Cola. Der erste Drink hatte seine Nerven beruhigt, doch mehr wollte er nicht trinken. In der nächsten Dreiviertelstunde sah er zu, wie Paare kamen und gingen, nippte an seiner Cola und aß Erdnüsse – eher, weil er etwas zu tun haben wollte, als aus Hunger. Seinen Appetit hatte er schon vor zwei Tagen verloren. Um sich abzulenken, versuchte er zu raten, wer die Passagiere waren und aus welchem Anlass sie verreisten. Ein zweiter Honeymoon und Ruhestandsreisen kamen am häufigsten vor. Er fragte sich, ob irgendjemand auf der Suche nach einem Kreuzfahrt-Flirt war und ob sich jemand, wie Pam und er, scheiden lassen wollte.

Als der Klavierspieler eintraf, war Gil froh, dass er seine Aufmerksamkeit auf etwas anderes lenken konnte. Nach drei oder vier Liedern erkannte er, dass die Ablenkung alte Erinnerungen weckte, auf die er nicht vorbereitet gewesen war. Es wurden zu viele Liebeslieder aus der Zeit gespielt, in der er und Pam ein verliebtes Highschool-Paar gewesen waren. Mit achtzehn hatte sich alles intensiv angefühlt. Und dramatisch. Jeder Test, jedes Date, jedes Sportturnier. Für einen Highschool-Schüler im letzten Schuljahr im ländlichen Georgia war alles, was zählte, aus dem kleinen Nest herauszukommen. Und Baseball war sein Ticket in die weite Welt. In einem Versuch, die beliebte Pammy Watson auf sich aufmerksam zu machen, hatte er versucht, es ins Baseball-Team zu schaffen. Damals hatte er gedacht, es sei sicherer und weniger schmerzhaft als Football. Niemand war überraschter als er selbst, als sich herausstellte, dass er nicht nur gut spielen konnte, sondern so großes Talent besaß, dass er ein Stipendium für ein herausragendes College in einer Stadt bekam, die weit entfernt von Georgia war. Er hatte es geschafft. Er war der Starspieler und somit auch der beliebteste Typ der Schule. Damit ging einher, dass er die Anführerin des Cheerleader-Teams daten konnte und dass er und Pam zum Königspaar des Abschlussballs gewählt wurden. Sie waren so verliebt. Zumindest hatte er das geglaubt. Da der Druck der College-Suche mit einem Mal verschwunden war, waren sie zu dem Zeitpunkt, als der Sommer begann, unzertrennlich gewesen.

„Noch einen Drink?", fragte eine hübsche Frau mit schwarzer Hose und weißer Bluse. Die Lounge füllte sich, und die Kellnerinnen und Kellner leisteten ganze Arbeit.

„Noch eine Cola bitte."

Sie lächelte, nickte und entfernte sich. Einen Moment fragte er sich, wovon wohl diese junge Frau träumte. Als sie das neue Getränk vor ihm abstellte, gab er ihr ein großzügiges Trinkgeld. Im gleichen Moment nahm er eine Bewegung wahr und sah, dass sich jemand näherte.

„Pam." Er erhob sich, um zuzusehen, wie sie durch den Raum kam.

Sie wusste noch immer, wie sie ihren Gang einsetzen musste. Manche Dinge änderten sich offenbar nie. Weder ihr extravaganter Stil noch ihr strahlendes Lächeln oder das geheimnisvolle Funkeln in ihren Augen oder das Feuer in seinem Bauch.

Lieber Himmel, das würde schwerer werden, als er erwartet hatte.

# KAPITEL 4

Das Mindeste, was Gil Harris hätte tun können, wäre gewesen, einen Bierbauch und eine Glatze zu bekommen. Doch so, wie er aussah, als er am anderen Ende des Raumes stand, hätte der erwachsene Abschlussballkönig für die Präsidentschaftswahl antreten können. Vielleicht tat er das sogar. Er war groß und schlank und hatte die Schultern gestrafft. Kein Pfund zu viel. Jede einzelne Strähne war ordentlich kurz geschnitten, aber immer noch lang genug, damit man seine Finger hindurchgleiten lassen konnte. Verdammt.

Sie erkannte den Moment, in dem er sie bemerkte. Das lässige Schmunzeln, bei dem ihr Magen immer hüpfte, hob seine Mundwinkel, ehe sein Grinsen breiter wurde. Wenn er sich noch nicht dazu entschlossen hatte, zur Präsidentschaftswahl anzutreten, dann sollte er es definitiv tun. Die Hälfte aller amerikanischen Frauen würden wahrscheinlich allein wegen seines Aussehens für ihn stimmen, obwohl ihre Lieblingsserie unterbrochen wurde, damit im Fernsehen über die Lage der Nation gelogen wurde.

Pam hoffte, dass ihre Knie nicht nachgeben würden, während sie weiterging und sich bemühte, ein selbstsicheres Lächeln aufzusetzen, das verbarg, wie nervös sie die Begegnung mit ihrem Ex-Mann machte. Gil war nicht nur gut aussehend, sondern hatte sich auch bessere Manieren angeeignet. Er war schon immer nett gewesen, aber sie konnte sich nicht daran erinnern, dass er ihr damals den Stuhl zurechtgerückt hatte. Doch das mochte auch daran gelegen haben, dass sie auf festgeschraubten Bänken in *Nell's Diner* gesessen hatten.

„Schön, dich zu sehen." Gil wartete, bis sie sich setzte, und schob den Stuhl dann näher zum Tisch heran.

„Ja, das finde ich auch." Okay, was hatte sie da gerade gesagt?

„Möchtest du etwas trinken?" Er hob den Arm, um der Kellnerin zu signalisieren, dass sie etwas bestellen wollten.

Pam wusste nicht recht, ob sie einen doppelten Scotch auf Eis oder eine Cola Light nehmen und sich damit entweder für starke Nerven oder einen klaren Kopf entscheiden sollte.

„Einen Tom Collins?" Er schaute sie an, als die Kellnerin neben ihrem Tisch stand.

Tom Collins. Meine Güte. Diesen Cocktail hatte sie nicht mehr getrunken, seit sie Georgia verlassen hatte. An einem Abend vor gefühlt tausend Jahren hatten sie bei Gil zu Hause auf dem Sofa vor dem Fernseher rumgemacht, während irgendein alter Schwarz-Weiß-Film im Hintergrund lief. Irgendwann im Film hatte die elegante Heldin mit einer dünnen weißen Zigarette einen Tom Collins bestellt. In seinem frisierten Chevy hatten sie den gleichen lokalen Fusel getrunken wie alle anderen, aber nach diesem Abend waren sie mit gefälschten Ausweisen ausgegangen, hatten so getan, als wären sie erwachsen, und sie hatte einen Tom Collins bestellt. Ihr war noch immer schwindelig von der Erinnerung, als sie bemerkte, dass Gil und die Kellnerin auf sie warteten. „Ja, danke." Ihr Magen machte wieder einen Hüpfer, und sie fragte sich, ob es nicht doch klüger gewesen wäre, sich für einen klaren

Kopf zu entscheiden.

„Die Dame trinkt einen Tom Collins, und ich hätte gern ein leichtes Bier. Was immer Sie dahaben."

Die junge Frau nickte und ging zum nächsten Tisch. Die Lounge füllte sich nun nach dem Abendessen, denn immer mehr Gäste wurden von der Musik angelockt.

Die Musik. Warum war ihr die plötzlich aufgefallen? Der Klavierspieler gab Lieder von Frank Sinatra und andere Schnulzen zum Besten. Jetzt gerade war es ein Titel von Michael Bolton. *How am I Supposed to Live Without You.* Sie versteifte sich ein wenig und schob alle alten Highschool-Erinnerungen beiseite.

„Ich habe meinen Anwälten Bescheid gegeben, wie die Lage ist", verkündete Gil. „Wir hoffen, dass das alles nur ein Missverständnis ist, aber realistisch betrachtet müssen wir noch mal ganz von vorn beginnen. Wir müssen ermitteln, wie viel Zeit wir haben, um diese … Situation zu beheben."

„Ich heirate in zehn Tagen, wenn wir auf St. Martin anlegen. Können deine Anwälte es bis dahin regeln?" Das hoffte sie inständig.

„Das kommt ganz auf die Städte an, in denen wir anlegen." Gil holte sein Handy hervor. „Gib mir eine Sekunde, ich schreibe meinem Anwalt."

Er tauschte abends lockere Nachrichten mit seinem Anwalt aus? Wer war dieser neue Gilbert Harris?

Er holte einen Zettel aus seiner Tasche und betrachtete ihn. „Vor St. Martin legen wir noch in sechs anderen Häfen an. Ich sende meinem Anwalt die Liste, dann kann er sich erkundigen, ob an irgendeinem dieser Orte Blitzscheidungen möglich sind."

„Das würde zu unserer Blitzehe passen."

Die Kellnerin kam mit den Getränken und entfernte sich mit Gils Zimmerkarte und seinem leeren Glas.

Als sie außer Hörweite war, wandte sich Gil Pam

zu. „Aus irgendeinem Grund habe ich es nie so betrachtet."

„Nun, wenn es neun Tage bedarf, um sich scheiden zu lassen, und unsere Ehe nur ein paar Wochen gehalten hat ..."

Gils altbekanntes leises Lachen erklang, und wieder kribbelte alles in ihr.

„Waren es wirklich *Wochen*?" Er schmunzelte.

Das Lachen, das ihr nun über die Lippen kam, überraschte sie selbst. Natürlich hatte er recht. Streng genommen waren sie all die Jahre verheiratet gewesen, obwohl sie andere Ehemänner gehabt hatte. Wenn sie nicht mit ihm lachen würde, würde sie vermutlich weinen.

„Es ist so ein Chaos. Weiß es deine Verlobte?"
Gil nickte.
„Wie hat sie es aufgenommen?"
„Sie ist eine vernünftige Frau."
„Das ist keine Antwort auf meine Frage." Pam nahm den ersten Schluck von ihrem nostalgischen Getränk.

„Solche Dinge passieren." Gil zuckte mit den Schultern. „Sie weiß, dass wir beide nichts dafürkonnten. Aber sie macht sich Sorgen wegen der Hochzeit. Wir müssen die Sache schnell klären."

„Soll es eine große Feier werden?"
Er nickte erneut. „Sie ist Einzelkind."
Diese Informationen in Verbindung mit dem Ehevertrag verrieten, dass seine Verlobte wohl tatsächlich reich war, so wie Angie vermutet hatte. Gil sah aus wie jemand, der gelernt hatte, wie man sich in die richtigen Kreise integrierte. Seine Mutter hatte oft behauptet, dass dies nicht geschehen würde, wenn er mit ihr verheiratet bliebe. Und sie hatte recht gehabt.

„Was ist mit deinem Verlobten? Hast du es ihm schon erzählt?"

„Nicht direkt." Pam Mund wurde trocken, und ihr drehte sich der Magen um. Das Abendessen hatte anderthalb Stunden gedauert, und dennoch hatte sie nicht gewusst, wie sie ihm sagen sollte, dass sie immer noch verheiratet war. Mit ihrem ersten Mann.

Mit vereinten Kräften hatten sie es geschafft, ihr ein Zeitfenster für das Treffen mit Gil freizuräumen. Kirk hatte Leo und seinen Bruder dazu überredet, ins Kasino zu gehen. Leos Schwägerin, eine Professorin für Englische Literatur, hatte unwissentlich geholfen, indem sie sich mit Kopfschmerzen in ihre Kabine zurückgezogen hatte. Die verbliebenen drei Frauen, Pam, Michelle und Angie, hatten eigentlich die späte Kabarettvorführung sehen wollen.

„Ich hoffe, dass wir das Problem lösen können und ich niemals etwas verraten muss."

Gil hob leicht die Augenbrauen, was verriet, dass er ihre Gesinnung nicht verstand. „Wenn man bedenkt, wie knapp die Zeit bemessen ist, könnte dieser Plan ein wenig riskant sein."

Pam schaute ihn über den Rand ihres Glases hinweg an. Zum ersten Mal am heutigen Abend war sie überraschend ruhig. Der ehrgeizige Junge, den sie gekannt hatte, wirkte mittlerweile noch schlauer als damals. Wenn irgendjemand das Problem in knapp zehn Tagen lösen konnte, dann war es Gil mit seinen Anwälten, denen er abends Nachrichten schickte.

„Pam."

Angesichts der vertrauten Stimme, die ihren Namen rief, setzte ihr Herz einen Schlag aus, bevor es so schnell weiterhämmerte, als könnte es jeden Moment aus ihrer Brust springen. Unter den Tausenden Passagieren auf dem riesigen Schiff musste es mindestens zehn Frauen geben, die Pam hießen, aber dennoch hatte sie keinerlei Zweifel, dass sie gemeint war.

„Schatz." Leos Stimme klang aus der Nähe ein wenig schärfer.

Pam schaute sich nicht um, denn sie wusste, wer sich ihr näherte. Sie zog die Luft ein und lehnte sich zur Seite, ohne Gil anzuschauen. „So sehr es mir auch missfällt, ich glaube, meine Vergangenheit und meine Zukunft sind kurz davor, miteinander zu kollidieren."

Gil wusste nicht recht, wie er reagieren sollte, aber ihm war sofort klar, dass der Mann, der auf Pam zukam und ihren Namen rief, die Zukunft war, mit der Gil kollidieren würde.

„Bitte sag nichts", flüsterte Pam wenige Sekunden, bevor sie sich erhob und sich zu dem Mann umdrehte, der nun winkte.

„Ich dachte, du wärst mit deinen Freundinnen bei der Show." Der Mann, der eindeutig mehr als nur ein paar Jahre älter war als Pam, schaute Gil nicht einmal an.

„Und ich dachte, du wärst im Kasino", wich sie der Frage aus.

„Kirk hat großen Erfolg beim Roulette, aber der Black-Jack-Tisch meinte es weniger gut mit mir, also habe ich beschlossen, einen kleinen Spaziergang zu machen. Wo sind Michelle und Angie?" Der Mann tat so, als würde er sich zum ersten Mal umschauen, aber Gil wusste, dass Pams Zukunft ihn längst entdeckt und wahrscheinlich bereits seine Größe, sein Gewicht und sein Einkommen geschätzt hatte.

Pam stemmte eine Hand in die Hüfte und wedelte mit der anderen in die Richtung, in der sich, wie Gil vermutete, der Theatersaal befand.

Er fragte sich, ob ihr Verlobter wusste, dass sie

etwas zu verbergen hatte, wenn sie eine Hand in die Hüfte stemmte, den Kopf schief legte und mehr lächelte als redete.

Der Verlobte beschloss nun, Gil nicht mehr zu ignorieren, und streckte seine Hand aus. „Leo Dixon, schön, dich kennenzulernen."

„Gil Harris. Ebenso."

„Ach, wo hab ich nur meine Manieren?" Pam hakte sich bei ihrem Verlobten ein und grinste weiter. „Schatz, Gil und ich sind zusammen zur Schule gegangen."

„Wirklich? Wo denn?"

Ohne zu zögern, antworteten Pam und Gil gleichzeitig. „Podunk High." Dann brachen sie in Gelächter aus.

„Sorry." Pam schüttelte den Kopf und wurde wieder ernst. „In der Gegend gab es keinen Teenager, der nicht so schnell wie möglich aus diesem Kaff entkommen wollte."

Leo schien sich ein wenig zu entspannen. Die Antwort der beiden war zu schnell gekommen, als dass es eine Lüge hätte sein können. „Was für ein Zufall, dass ihr euch hier begegnet seid."

„In der Tat", murmelte Pam und lehnte sich noch weiter zu ihrem Verlobten hinüber. „Wir sollten Kirk suchen gehen."

„Er ist ein erwachsener Mann, ich bin mir sicher, er findet uns, wenn er das will." Ehe Pam etwas dagegen tun konnte, ließ sich Leo auf dem leeren Stuhl neben ihnen nieder. „Und, reist du mit deiner Frau, Gil?"

„Ich reise allein."

Nun nahm auch Pam wieder Platz, da ihr wohl ohnehin nichts anderes übrig blieb.

Leos Augenbrauen hoben sich kurz, und Pams Augen wurden groß.

Gil sprach eilig weiter. „Ich habe etwas auf dem

Schiff zu erledigen, aber ich heirate schon in ein paar Wochen. Leider konnte mich meine Verlobte nicht begleiten.“

Nun schien sich Leo vollkommen zu entspannen. „Wie schade. Hat sie auch mit euch die Highschool besucht?“

„Nein.“ Gil schüttelte den Kopf. Karen war das genaue Gegenteil eines Kleinstadtmädchens. „Sie kommt aus Chicago.“

„Wohnst du mittlerweile auch dort?“, fragte Pam und ließ von Leo ab.

„Ja.“

„Ich hatte kürzlich einen Beratungsauftrag in Chicago.“ Leo lehnte sich zurück und überkreuzte die Knöchel. „Ich hatte nicht damit gerechnet, dass mir die Stadt so gut gefallen würde.“

„Es ist ziemlich kalt im Winter, aber der Rest des Jahres gleicht es wieder aus.“

„Was machst du beruflich?“

„Ich bin Effektenhändler und Investitionsmakler.“

„Wirklich?“ Leos Augen wurden kurz größer. „Kennst du *Investco Brokerage*?“

„Ja.“ Die Welt war unglaublich klein. „Dort arbeite ich.“

„Hmm.“ Leo senkte sein Kinn und betrachtete Gil eingehend. „Ich kenne Allister Smythe schon sehr lange.“

„Da seid ihr ja.“ Ein großer Mann, dessen sonnengebräuntes Gesicht verriet, dass er in einer wärmeren Stadt als Chicago lebte, kam an ihren Tisch. Falls er mit Pam befreundet war und von der Situation wusste, ließ er sich zumindest nichts anmerken.

„Nimm dir einen Stuhl“, bot Leo an und deutete auf den leeren Platz hinter sich. „Kirk McEntire, das ist Gil Harris, ein alter Freund von Pam. Aus der Highschool. Und wie sich rausgestellt hat, ist er auch bei einem alten Freund von mir angestellt."

Kirk schaute Gil an. „Die Welt ist klein."

*Und wird von Minute zu Minute kleiner.*

„Schön, dich kennenzulernen." Kirk reichte Gil die Hand, zog einen weiteren Stuhl zum Tisch heran und setzte sich. „Michelle hat mir gerade geschrieben", wandte er sich an Pam. „Die Show ist vorbei, und sie möchten wissen, wo du dich mit ihnen treffen willst. In dem Moment ist mir aufgefallen, dass ich Leo verloren habe."

„Ich hab ihn gefunden", erwiderte Pam. „Vielleicht sollten wir schauen, was an Deck los ist. Angeblich soll es auf diesen Schiffen doch selbst spät abends ausgezeichnete Büfetts geben."

„Unsinn", meldete sich Leo zu Wort. „Die Frauen sollen sich zu uns gesellen. Ich habe vor, noch mehr darüber rauszufinden, wo meine hübsche Pam herkommt."

„Ach, das wird nicht …", setzte Pam an.

„Ich sollte jetzt gehen", versuchte Gil, ihr zur Hilfe zu kommen.

Kirks Handy vibrierte. „Das ist Michelle."

„*Lido Lounge*. Wir halten Plätze frei." Leo wartete nicht auf eine Antwort, sondern erhob sich und holte einen weiteren Stuhl.

Pam kniff die Augen zusammen und wurde blass.

Gil vermutete, dass die nächsten Tage spannend werden würden.

# KAPITEL 5

„**E**r sieht nicht schlecht aus."

Pam zog ihre Sandalen aus und ließ sich auf das schmale Bett fallen. „Nein."

Vor dem kleinen Spiegel entfernte Angie ihre Ohrringe und begann, sich das Haar zu bürsten. „Ich muss zugeben, dass ich diesem Mann erlauben würde, im Bett Cracker zu essen."

Und Pam ging es genauso. Es hatte Jahre gedauert, Gil zu vergessen. Von dem Tag an in der ersten Woche des letzten Schuljahres, an dem er sie gefragt hatte, ob sie mit ihm einen Burger essen gehen wollte, schien sich in ihrem Leben alles schlagartig verbessert zu haben. Zu dem Zeitpunkt, als der Homecoming-Ball stattfand, waren sie offiziell ein Paar, und die Hälfte der anderen Mädchen beneidete sie. Am Valentinstag waren sie unzertrennlich, und sie war so glücklich, dass sie sich nicht um die Gerüchte scherte, die umgingen. Einige waren fieser als andere, aber bei fast allen ging es um die Zuschauertribüne, die Umkleide oder den Rücksitz seines Chevys.

Im Frühjahr wiederholte Jimmy Joe Lawson eines der Gerüchte, als Gil in Hörweite war. Nachdem Gil Jimmy Joe gegen seinen Spind gedrückt und damit gedroht hatte, ihm den Mund mit Toilettenwasser auszuwaschen, bis er lernte, wie man respektvoll über seine Freundin sprach, wagte es niemand mehr, über die beiden zu flüstern. Sie musste nicht darauf warten, bis Gil zum Homecoming-König gekrönt wurde, um zu wissen, dass er der Richtige für sie war. Sie liebte ihn von ganzem Herzen.

„Warum hast du ihn eigentlich aus deinem Bett verbannt?"

„So war es nicht."

„Wie war es denn?" Angie setzte sich im Schneidersitz auf das Bett.

„Wir waren jung. Sehr jung. Ich war im Juni achtzehn geworden, und im Juli sind wir nach Vegas durchgebrannt. Wir sind allein dorthin gefahren." Sie konnte angesichts der Erinnerung ein Lächeln nicht unterdrücken. Damals war es ihr wie ein Märchen vorgekommen.

„Deinem Grinsen nach zu urteilen, waren die Flitterwochen erinnerungswürdig."

In ihren anderen Ehen hatte sie nie wieder das gleiche Hochgefühl erlebt. Schon vor langer Zeit war sie zu dem Schluss gekommen, dass die Euphorie wohl eher am Alter als an der Liebe gelegen hatte. Doch nach ein paar Stunden mit Gil in der Lounge war sie sich dessen nicht mehr so sicher.

„Erde an Pam." Angie wedelte mit der Hand vor ihrem Gesicht herum.

„Sorry. Ja. Aber für einen jungen Mann wie ihn gab es in unserem Kaff nicht viel zu tun, außer in einer Fabrik zu arbeiten. Gill wollte jedoch mehr. Ich habe ihn immer George genannt, so wie George Bailey in *Ist das Leben nicht schön*. Er wollte die Welt sehen."

„Und du nicht?" Angie zog verwirrt die Augenbrauen zusammen.

Pam zuckte mit den Schultern. Darum ging es nicht. „Er hatte ein Baseball-Stipendium. Als wir aus Vegas zurückkamen, hat seine Mutter ihm das Kleingedruckte vorgelesen." Nicht alle Märchen hatten ein gutes Ende. „Verheiratet zu sein machte ihn ungeeignet für die finanziellen Zuschüsse, die ihm im Rahmen des Stipendiums zugesagt worden waren, und er hätte das College nicht bezahlen können. Damit hätte er in Porterville festgesessen."

„Deshalb habt ihr die Scheidung eingereicht?" Wieder schaute Angie sie verwirrt an.

Pam hatte ihn nicht· zwingen können, ohne Zukunftsaussichten in dem kleinen Ort zu bleiben. Sie hatte ihn im August ohne sie gehen lassen müssen, doch an Halloween war ihr klar geworden, dass sie Porterville auch verlassen musste. Gil ging es ohne sie besser, und wenn sie dortgeblieben wäre, bis er an Thanksgiving nach Hause gekommen wäre, hätte sie vielleicht nie den Mut aufgebracht wegzuziehen. „Damals kam es mir sinnvoll vor. Wir wussten, dass wir zu jung waren. Nichts als verliebte Teenager."

„Ich weiß nicht." Angie schüttelte den Kopf. „Highschool-Beziehungen sind nicht immer zum Scheitern verurteilt."

„Wir waren nur im letzten Schuljahr zusammen."

„Das ist noch immer Highschool."

„Das ist irrelevant. Er hat sich etwas aufgebaut. Für ihn war es die richtige Wahl." *Die richtige Wahl.* Wenn sie das nur oft genug wiederholte, würde sie es vielleicht selbst glauben.

„Dann war die Scheidung also deine Idee?" Angie klang ungläubig. Nicht so, als würde sie ihr die Sache nicht abkaufen, sondern eher so, als hätte sie den Eindruck, Pam hätte den Verstand verloren.

„Eigentlich war es die Idee seiner Mutter. Aber sie hatte recht. Die meisten Paare warten, bis sie mit dem College fertig sind, ehe sie heiraten. Heutzutage sogar noch länger."

„Dann wollte sie also, dass ihr wieder heiratet, nachdem er seinen Abschluss hatte?"

Das hatten sie und Gil am Anfang geglaubt und

hatten sogar geplant, dass Pam arbeiten und Geld sparen könnte, damit alles funktionieren würde, aber nachdem er fort war, hatte sie erfahren, was wirklich hinter dem Vorschlag seiner Mutter gesteckt hatte. Mrs Harris wollte, dass ihr Sohn eine Bessere heiratete. Als Pam eingesehen hatte, dass die Frau recht hatte, wollte sie sich nicht weitere vier Jahre lang von seiner Mutter anhören, wie wundervoll sein Leben am College war. All die Partys, all der Spaß, so viele Möglichkeiten für einen Junggesellen. Pam wäre ihm nur im Weg gewesen. Wie diese Worte sie damals verletzt hatten.

„So weit würde ich nicht gehen." Pam hätte beinahe gelacht, denn der Schmerz war schon vor Jahren vergangen. „Zuerst hat sie das behauptet – bis Gil weg war. Dann hat sie deutlich zum Ausdruck gebracht, dass sie hoffte, er würde ein nettes Mädchen kennenlernen und mich vergessen. Sie fand, er hätte was Besseres verdient als die Anführerin des Cheerleader-Teams, die sich als Kellnerin durchschlug."

„Nun, ich finde, jeder Mann könnte sich glücklich schätzen, dich an deiner Seite zu haben, aber das erklärt alles noch lange nicht, warum ihr euch nicht wiedergesehen habt."

Pam hatte sich diese Frage mehr als einmal gestellt. Was, wenn sie in Porterville geblieben wäre und vier Jahre lang auf ihn gewartet hätte? Wenn sie das alberne Dorfgerede ertragen hätte. Hätten sie sich ohnehin scheiden lassen, so wie Mrs Harris es allen erzählt hatte?

Gil zog seine Schuhe aus und ließ sich auf das riesige Bett fallen. Zu der Gruppe aus Pams Freunden waren noch zwei Brüder, ein Paar aus Peoria, das seine Silberhochzeit feierte, und Leos Nichte und Neffe hinzugekommen. Aus einem Drink waren zwei geworden, und um kurz nach Mitternacht waren alle zusammen in den Club gegangen.

Gil hatte mit dem Fuß im Takt gewippt und war mehr als einmal versucht gewesen, Pam zu packen und auf der Tanzfläche herumzuwirbeln. Sie hatte im zweiten Jahr an der Highschool noch ein paar Punkte gebraucht, um die Zulassung für den Abschluss zu bekommen, da sie in Biologie durchgefallen war. Am sinnvollsten war ihr damals der Swing-Tanzkurs erschienen, da er als Sportunterricht zählte. Bis zum heutigen Tag wusste er nicht, wie sie ihn dazu überredet hatte, dass auch er den Kurs im letzten Schuljahr mit ihr belegte. Das Baseball-Team hatte ihn gnadenlos damit aufgezogen. Aber wie sich rausstellte, hatten sie beide Talent – und Spaß.

Um sich abzulenken, hatte sich Gil einen Großteil des Abend mit Leos Neffen Brent unterhalten. Da er selbst eine Freundin zu Hause hatte, schien er sich mehr darauf zu konzentrieren, auf seine jüngere Schwester aufzupassen. Auch wenn das nicht nötig war. Mit ihren achtzehn Jahren wirkte sie überaus vernünftig auf Gil und schien gern Zeit mit ihren Eltern und den anderen älteren Leuten aus der Gruppe zu verbringen.

Die Zeiten hatten sich geändert, seitdem er und Pam die Schule abgeschlossen hatten. Auch wenn Brent ihn in gewisser Weise an ihn selbst erinnerte, als er in seinem Alter gewesen war. Der charmante junge Mann würde bald seinen Abschluss in Stanford machen. Gil erinnerte sich noch gut an diese Zeit. Er hatte ein Praktikum in der Firma von Karens Vater gemacht, bevor er für sein letztes Jahr an die Uni zurückgekehrt war. Kurz danach war ihm ein

Vollzeitjob angeboten worden. Als er seinen Abschluss machte, hatte er bereits alles geplant und große Hoffnungen gehabt. Zumindest waren diese realistischer gewesen als die Erwartungen von zwei Teenagern, die dachten, sie könnten Mann und Frau spielen.

Sein Handy zeigte eine Benachrichtigung an. Er hoffte, dass es sein Anwalt war, doch wie sich herausstellte, hatte er Karens Anruf verpasst. *Dad wird ungeduldig. Nichts Neues? Wie geht es dir?*

*Bin ziemlich müde. Bisher noch keine Neuigkeiten.* Er hätte wohl etwas Angemesseneres schreiben sollen, etwas wie *Ich vermisse dich*, aber heute Abend fühlte er sich aus irgendeinem Grund nicht danach.

*Ich wünschte, du wärst hier, um dich mit Dad auseinanderzusetzen, und ich wäre dort, um mich zu sonnen.*

Er lachte. Karen hatte schon ihr ganzes Leben mit ihrem herrischen Vater zu kämpfen. Nun, da sie endlich heiraten würde, mischte sich Allister Smythe noch mehr ein, statt sich zu entspannen, und wollte jedes Detail zu ihrer sorgsam geplanten Hochzeit erfahren. Ein paarmal war Gil versucht gewesen, ihren Vater zurechtzuweisen und Karen im kleinen Kreis zu heiraten. Doch Karen, die es gern allen recht machte, hatte behauptet, dass er nicht wisse, wie es war, wenn Allister Smythe sich gegen einen stellte.

*Ich auch,* schrieb er.

*Du bist ein schlechter Lügner.*

Gil lächelte. Er hatte schon ein paar Jahre bei *Investco Brokerage* gearbeitet, ehe ihm gestattet wurde, bei Familienveranstaltungen dabei zu sein. Karen, die das genaue Gegenteil von ihrem Vater war, hatte ihn mit ihrem fröhlichen Lächeln und ihrer entspannten Art angezogen wie ein Magnet. Sicherlich auch deshalb, weil er mehr Stunden arbeitete, als er schlief, und das schon seit mehr Jahren, als er zählen konnte. Er konnte sich glücklich schätzen, seine beste Freundin zu heiraten. Wieder einmal. *Schlaf schön.*

*Du auch.*

So endete fast jeder Nachrichtenaustausch, wenn sie über Nacht getrennt waren. Und es lag etwas Tröstliches in dem Vertrauten. Zu müde, um sich umzuziehen, legte er sein Telefon auf den Nachttisch und begab sich ins Bett.

Morgen würde ihm ein ganzer Tag auf See bevorstehen, ehe sie in Nassau anlegten. Er wollte nicht darüber nachdenken, was passieren würde. Leo hatte darauf bestanden, dass Gil morgen früh mit ihnen frühstückte, und trotz seiner Erklärungen, dass er arbeiten müsse, hatte er aus irgendeinem Grund zugestimmt. Nun würde er sich um neun Uhr vor dem Speisesaal am Hauptdeck mit den anderen treffen. Leo schien ein ziemlich netter Kerl zu sein. Die Art von Mann, die Pam wahrscheinlich glücklich machen würde. Standfest, selbstsicher, gesellig. Es gab nur ein kleines Problem. Jedes Mal, wenn Leo Pam berührte, musste Gil sich beherrschen, nicht zu schreien: *Hände weg von meiner Frau.*

Verdammt, das Schicksal hatte einen fürchterlichen Humor.

# KAPITEL 6

Pam war schon seit dem Morgengrauen wach und legte sich eine Ausrede zurecht, warum sie nicht mit zum Frühstück konnte. Mit ihrem Mann und ihrem Verlobten. „Meinst du, sie würden glauben, dass ich ins Wasser gefallen bin?"

„Nicht, wenn keine Sirenen zu hören sind und irgendjemand ‚Oscar, Oscar, Oscar' ruft", erwiderte Angie und bedeckte ihr Gesicht mit dem Unterarm.

„Wer ist Oscar?"

„Michelle hat erzählt, dass es das Codewort für Mann über Bord auf Kreuzfahrtschiffen ist."

„Und daran erinnerst du dich noch?" Pam fragte sich manchmal, wie sich ihre Freundin so viel merken konnte, obwohl sie stets beschäftigt war.

Angie zuckte mit den Schultern. „Ich hatte schon immer ein gutes Gedächtnis."

„Vielleicht könnte ich die Grippe haben?"

„Unwahrscheinlich bei den Temperaturen."

„Meine Periode?"

Angie nahm den Arm von ihrem Gesicht und schaute Pam mit einem Auge an. „Ist es denn realistisch, dass du wegen Periodenschmerzen den ganzen Tag im Zimmer bleiben würdest?"

Pam nahm das Kissen, auf dem sie lag, und zog es an ihre Brust. „Eher nicht."

Angie bedeckte ihre Augen wieder mit dem Unterarm. „Es gibt Paare, die nach der Scheidung besser befreundet sind als zu der Zeit, in der sie verheiratet waren. Warum hörst du nicht auf, ihn als deinen Ex-Mann zu betrachten und stattdessen als Freund? Vielleicht erleichtert dir das den Rest der Reise."

Pam, die gerade die Beine vom Bett schwang und sich aufsetzte, musste zugeben, dass Angie recht haben könnte. Gil Harris war schließlich nur ein Mann, und mit Männern wusste sie umzugehen. Leo Dixon war ihre Zukunft. Sie musste einfach einen Weg finden, die Inselscheidung auf freundschaftlicher Basis durchzuführen, und dann konnte sie ihr Leben weiterleben. „Du hast vollkommen recht. Was früher war, spielt keine Rolle. Ich gehe jetzt duschen und ziehe mich an. Vielleicht schaffe ich es, vor dem Frühstück noch eine Runde an Deck zu spazieren."

„Hört sich gut an." Angie drehte sich um. „Weck mich, wenn du fertig bist", murmelte sie in Richtung Wand.

Pam schaffte es in Rekordzeit, zu duschen und sich anzuziehen, was untypisch für sie war. Natürlich hatte es geholfen, dass sie sich entschieden hatte, sich erst nach ihrem Spaziergang die Haare zu machen und zu schminken. Eingerollt unter der Decke sah Angie so friedlich aus, dass Pam es nicht übers Herz brachte, sie zu wecken. Bis zum verabredeten Zeitpunkt des Treffens blieb ihr noch über eine Stunde Zeit. Also beschloss sie, allein zum Coffeeshop zu gehen. Sie hatte im Gefühl, dass ein Teilchen und ein Kaffee Angie beim Aufwachen helfen könnten.

Pam vergewisserte sich, dass sie die Zimmerkarte eingesteckt hatte, trat auf den Flur hinaus und schloss die Tür leise hinter sich.

„Guten Morgen." Mary Jane und Eddie, das Paar, das Silberhochzeit feierte, stand plötzlich neben ihr. „Gehst du auch zum Frühstück?"

„Äh, nein. Ich wollte meiner Freundin Kaffee

holen, damit sich aufwacht.“

„Frühstück im Bett ist immer ein guter Start in den Tag. Ich bin mir sicher, sie weiß es zu schätzen.“ Mary Jane, die die Hand ihres Mannes hielt, schenkte ihr ein fröhliches Lächeln und ging an Pam vorbei in Richtung Fahrstuhl, der sie zum Speisesaal bringen sollte. „Wir sehen uns bestimmt später.“

Der Coffeeshop befand sich im vorderen Bereich des Schiffes. Pam war gerade fünf Meter weitergekommen, als sich eine Tür öffnete und die Brüder Taylor und Brian heraustraten. „Guten Morgen.“

Da sie nun mehr Leuten begegnete, als sie erwartet hatte, wünschte sie sich, sie hätte doch etwas Rouge und Lippenstift aufgetragen. „Morgen.“

„Gehst du zum Frühstück?“

„Nein. Ich hole meiner Freundin nur Kaffee.“

Taylor wandte sich seinem Bruder zu. „Beim nächsten Mal nehme ich auch einen aufmerksamen Freund mit und nicht dich.“

„Ebenso.“

Pam schüttelte den Kopf. „Ich muss los.“

„Wir sehen uns später.“ Die beiden Brüder gingen in die gleiche Richtung wie zuvor das Paar.

„Mit Sicherheit. Wir und alle anderen auf dem Schiff.“

„Hi.“ Eine auffallend fröhliche Stimme erklang neben ihr. Emily, Leos Nichte, ging neben ihr her.

Lieber Himmel, schliefen alle, die sie kannte, auf Deck fünf?

„Morgen.“

„Gehst du zum Coffeeshop?“

Pam war kurz versucht, Nein zu sagen, doch letztendlich war sie froh, dass die einzige andere, die sich mit Kaffee zufriedengab, Emily war. „Ja.“

„Ich auch. Ich frühstücke nie richtig, obwohl es die wichtigste Mahlzeit des Tages ist.“

„Sie ist wichtig für den Stoffwechsel. Nicht dass du das jetzt schon brauchen würdest, aber in zwanzig Jahren vielleicht."

„Meine Mutter beschwert sich andauernd über ihr Gewicht und erzählt, dass, als sie jung war …" Emilys Stimme verlor sich, und Pam rechnete damit, dass sie die Augen verdrehte, so wie es Teenager oft taten, doch stattdessen stieß sie nur ein entschlossenes Seufzen aus.

„Wo ist dein Bruder?" Sie gingen um die Ecke zu den Fahrstühlen.

„Schläft. Er ist noch nicht aufs Zimmer gegangen, als sich die Gruppe gestern Abend aufgelöst hat. Wahrscheinlich kommt er auch nicht zum Frühstück."

Die Fahrstuhltüren öffneten sich, und heraus kam eine Gruppe Frühaufsteher, ehe Pam und Emily einstiegen. Pam schaute auf den Boden und betrachtete den Schriftzug, der den Wochentag anzeigte. „Meinst du, das wird automatisch oder manuell geändert?"

Emily schaute runter. „Bestimmt manuell."

„Hmm." Pam dachte nach. Heutzutage war alles automatisch. Sie konnte sich nur schwer vorstellen, dass jemand die Aufgabe hatte, jeden Tag eine Anzeige im Fahrstuhl zu verändern. Aber ein Kreuzfahrtschiff war schließlich auch kein Raumschiff. „Du bist Freshman auf dem College, oder?"

„Eigentlich bin ich schon ein bisschen weiter. Ich hatte genügend Einführungskurse, um anderthalb Semester zu überspringen."

„Hast du ein Hauptfach?"

Emilys Augen begannen zu leuchten. „Maschinenbau."

Der Fahrstuhl hielt an. Emily war zierlich und klein und hatte ein hübsches Gesicht. Dieses Hauptfach würden wahrscheinlich viele nicht mit ihr in Verbindung bringen. Pam war bewusst, dass dies Klischees waren, die vorherrschten, als sie jung gewesen war, und leider dachten wohl auch immer noch viele Menschen so. Nun fragte sie sich sich, ob ihr Leben heute anders wäre, wenn auch sie genügend Selbstvertrauen gehabt hätte, ein College zu besuchen. „Wie spannend.“

„Was machst du?“

„Ich arbeite in der Verwaltung einer Zeitungsredaktion. Ich habe früher mit Michelle gearbeitet, bevor sie nach Kalifornien gezogen ist.“ Sie war traurig darüber gewesen, aber als Kirk damit fertig war, das Unternehmen zu retten, war Pam eine der Wenigen gewesen, die noch einen Job hatten.

„Sie wirken wie ein tolles Paar.“

Sie erreichten nun den Coffeeshop. „Michelle und Kirk? Ja, das sind sie. Er war geschickt worden, um die Zeitung zu retten, für die ich arbeite. Dazu musste er viele Leute entlassen.“

„Oh nein.“

Lachend griff Pam nach einem Pappbecher. „Oh ja, es ging drunter und drüber. Wie sich herausstellte, kannten sie sich schon von einer Kreuzfahrt.“

Emily füllte ihre Tasse mit Wasser und ließ einen Teebeutel hineingleiten. „Kleine Welt.“

Noch immer lachend schüttelte Pam den Kopf. Ihrer Meinung nach wurde die Welt in der Tat von Tag zu Tag kleiner.

Gil, der schon seit dem Morgengrauen wach war, schaute wieder auf sein Smartphone. Er würde nicht ruhig schlafen können, ehe er einen konkreten Plan hatte. Nicht etwas, das auf hypothetischen Möglichkeiten und Wahrscheinlichkeiten basierte.

Zum wiederholten Mal, seitdem er von der Gruppe

um Pam willkommen geheißen worden war, fragte sich Gil, ob es unhöflich wäre, wenn er nicht zum Frühstück kommen würde. Ging es in einem Urlaub nicht darum, Zeitpläne und Regeln hinter sich zu lassen? Auch wenn er ganz andere Intentionen hatte. Er wollte herausfinden, was passiert war – oder nicht passiert war –, und, falls notwendig, sich scheiden lassen. Dann musste er schleunigst zurück nach Chicago.

„Hey, was geht?" Es dauerte einige Sekunden, bis Gil erkannte, welche Stimme mit ihm sprach. Kirk kam gerade die große Wendeltreppe herunter.

„Guten Morgen. Bereit fürs Frühstück?"

Kirk schien gerade geduscht zu haben, denn sein Haar war noch feucht. „Ich bin total ausgehungert. Ich hab schon ein Work-out hinter mir."

Gil lächelte und ging neben Kirk her. Er war genau die Art von Mann, die er mit Pam in Verbindung gebracht hätte. Aber Leo war vor fünfzehn Jahren wahrscheinlich genauso wie er oder Kirk gewesen.

„Spielst du Squash?", fragte Kirk.

„Früher mal."

„Hier gibt es eine Halle dafür, wenn du es ausprobieren willst."

Ein bisschen nervöse Energie abzubauen, war wahrscheinlich keine schlechte Idee, selbst wenn er seit mindestens zehn Jahren nicht mehr gespielt hatte. „Aber sicher."

„Super. Lass uns fragen, was die Frauen vorhaben. Dann buche ich die Halle dementsprechend."

Gil hatte in der letzten Nacht so viel darüber nachgedacht, wie es werden würde, am Morgen alle wiederzusehen, dass er sich keine Gedanken über den restlichen Tag gemacht hatte. Abgesehen von Squash schien es ihm am sinnvollsten, sich zurückzuziehen und allein zu sein. Außerdem musste er arbeiten. Er konnte auf seinem Smartphone und dem iPad zwar nicht viel ausrichten, aber er konnte auch nicht nichts tun. Schließlich würde er sich ohnehin schon einen Monat lang auf Flitterwochen begeben. All das hatte er gestern Abend Leo erzählt, aber dieser hatte nicht viel von sich preisgegeben. Wer zum Teufel war dieser Kerl?

Gil musste das Internetpaket kaufen, von dem auf einem Flyer im Zimmer die Rede war. Die Tarife waren alle hoch, aber er war nicht so weit gekommen, indem er seine Arbeit von anderen hatte erledigen lassen. Es war an der Zeit für eine Recherche mithilfe von Google.

Ein paar Meter entfernt stand Michelle allein am Eingang zum Speisesaal auf dem Hauptdeck, der einzige Ort, an dem man ein Frühstück mit allem Drum und Dran bekommen konnte. Sie war eine attraktive Frau. Groß, schlank, braune Haare und Augen, aber in der Sekunde, als sie ihren Mann sah, begannen ihre Augen zu leuchten. Das Lächeln, das sich auf ihre Lippen legte, verwandelte ihr Gesicht von hübsch in atemberaubend. Automatisch schaute Gil zu Kirk rüber, der immer noch neben ihm herging.

Auch dieser schenkte seiner Frau ein strahlendes Lächeln. Kirks Blick traf Gil wie der Schlag. Hatte er Karen jemals so angesehen? Die beiden gaben sich einen keuschen Kuss, aber die lodernde Hitze zwischen ihnen, als sich ihre Blicke trafen, war deutlich zu spüren.

„Außer Leos Nichte und Neffe sind alle schon am Tisch." Michelle löste sich von Kirk, aber hielt seine Hand fest.

Warum hielten sich nur alle verheirateten Paare auf diesem Schiff an der Hand? Die meisten Ehepaare, die Gil kannte, verbrachten selten Zeit im gleichen Raum, ganz zu schweigen davon, dass sie Berührungen austauschten wie Frischverheiratete. Frisch verheiratet. Bald würde das auch auf ihn und Karen zutreffen.

Natürlich war ihm das bewusst. Er hatte fast ein Jahr damit verbracht, zu allem, was seine zukünftige Schwiegermutter ihnen an Kleinigkeiten zur Planung vorlegte, zu nicken. Von den Farben der Bänder an den Kirchenbänken bis hin zu den Tischdecken und den Desserttischen. Bis letztes Jahr hatte er nicht einmal gewusst, dass es Desserttische gab. Und dennoch dachte er zum ersten Mal darüber nach, dass die Hochzeit dazu führte, dass sie frisch verheiratet sein würden.

Die Bezeichnung ging ihm noch immer durch den Kopf, als er Kirk und Michelle zum Tisch folgte. So sehr er sich auch bemühte, er konnte sich einfach nicht vorstellen, dass er und Karen verliebt bis über beide Ohren wirken würden. Wenn er an Eheglück dachte, kam ihm immer nur ein anderes Paar in den Sinn. Eines, das vor langer, langer Zeit zusammen gewesen war. *Verdammt.*

# KAPITEL 7

Sie musste nicht aufschauen – so sicher, wie sie Pam hieß, wusste sie, dass Gil den Raum betreten hatte. Sie hatte gehofft, dass Michelle und Kirk zuerst am Tisch ankommen würden, damit sich ihr Ex nicht neben sie setzen konnte. Aber wahrscheinlich wollte er das ohnehin nicht. Und nachdem sie heute Morgen beschlossen hatte, Gil ab jetzt als Freund zu betrachten, spielte es sowieso keine Rolle mehr, wo er saß.

„Sorry, wir sind spät dran." Kirk begleitete seine Frau um den Tisch herum und rückte einen Stuhl neben Pam zurecht.

Pam empfand einen Anflug von Erleichterung und nahm sich vor, heute etwas Nettes für Kirk zu tun.

„Guten Morgen zusammen." Gil setzte sich auf den einzigen noch freien Platz zwischen Angie und Kirk.

Nachdem ihr Ex aufgetaucht war, griff Pam immer wieder unbewusst nach Leos Hand. Sie wusste nicht, ob sie es tat, um sich zu beruhigen oder um sich einzureden, dass alles in Ordnung war. „Hast du gut geschlafen?"

Angies Augen weiteten sich, und Pam verengte ihre Augen. Unter anderen Umständen wäre dies eine vollkommen normale Frage gewesen. Aber seinem Ex-Mann, wegen dem man viele Stunden Schönheitsschlaf verloren hatte und neben dem man einst aufgewacht war, sollte man diese Frage wahrscheinlich nicht stellen.

„Geht so." Seine Antwort klang steif und formell, und Pam fragte sich, ob er auch eine schlaflose Nacht hinter sich hatte.

„Also eher nicht?" Leo schaute auf und legte die Speisekarte ab.

„Nicht wirklich. Ich habe derzeit viel zu tun." Er warf einen schnellen Blick in Pams Richtung. „Ich hoffe, dass ich heute endlich Internet habe und arbeiten kann."

„Du willst doch nicht die ganze Reise über arbeiten?" Leos Schwägerin Nancy schaute ihn entsetzt an. Da sie und ihr Mann beide eine Professur an der Uni hatten, waren sie schon immer während der Semesterferien gereist. Soweit Pam wusste, liebte Nancy Kunstgalerien, Museen und antike Kulturen ferner Länder. Sie war am Anfang nicht begeistert über zwei Wochen auf einem Schiff ohne intellektuelle Unterhaltung gewesen. Offenbar zählten Gespräche über Gils Firma nicht als intellektuelle Unterhaltung.

Gil griff nach einer Karte. „Leider doch."

„Immerhin besser, als sich zu langweilen." Mit versteinerter Miene hob die Frau eine Schulter.

„Aber Nancy, es gibt eine Menge interessanter Dinge zu tun und zu sehen." George tätschelte seiner Frau die Hand. „Wir werden viel Spaß auf der Reise haben."

Bei der Erwähnung von Spaß ging Pams Blick automatisch zu Gil, und auch er sah sie an. *Nur ein Freund,* sagte sie sich in Gedanken. „George, was habt ihr denn heute geplant?"

„In einer Stunde findet ein Ratequiz statt. Das könnte spannend sein", erwiderte Nancy, und Pam bemühte sich zu lächeln.

Sie befanden sich auf einem luxuriösen Kreuzfahrtschiff in der Karibik, und Nancy wollte drinnen bleiben und an einem Quiz teilnehmen.

„Ich habe gesehen, wie Bingo vorbereitet wurde. Sah interessant aus, da es offenbar an Automaten stattfindet – und ich habe was von ansehnlichen Geldgewinnen gehört", fügte George hinzu. „Dort könnten wir heute hingehen."

„Solange wir dann noch Zeit für das Quiz am Nachmittag haben", entgegnete seine Frau.

„Das Quiz findet zweimal am Tag statt?", fragte Angie und sah wenig begeistert aus.

„Aber ja." Nancy wedelte mit den Händen durch die Luft, die erste Geste, die Enthusiasmus ausdrückte, seit sie an Bord war. Ihre Miene wirkte jedoch nur ein wenig entspannter. „Und heute Abend findet ein Musikquiz statt, obwohl ich vermute, dass es um Popmusik geht."

Wieder fiel Pams Blick auf Gil, und diesmal sah sie, dass seine Schultern leicht bebten, während er den Kopf senkte, um sein Lachen zu verbergen.

„Es gibt auch einen guten Spieleraum. Vielleicht können wir Poker spielen?" Leo hatte seine Hand aus Pams gelöst und auf ihr Knie gelegt.

Die Geste hatte sie überrascht. Normalerweise war er kein Typ für öffentliche Zuneigungsbekundungen. Selbst unter dem Tisch. Doch es fühlte sich besitzergreifend an, so als wollte er zeigen, dass sie zu ihm gehörte.

„Nach dem Quiz findet auch ein Workshop zum Serviettenfalten statt." Nancy schaute nacheinander Angie, Michelle und Pam an. „Das könnte doch nützlich sein. Vielleicht können wir hingehen, während die Männer Karten spielen."

Michelle schaute hilfesuchend ihren Mann an.

Angie verschluckte sich an ihrem Wasser, während

Gil Pam ansah und sich auf die Lippen biss, um nicht loszuprusten. Angesichts seiner Bemühungen wäre sie selbst beinahe in Gelächter ausgebrochen.

„Spielst du Karten?", fragte Leo Gil.

Er schüttelte den Kopf. „Nicht oft."

Pam ließ ihre Gabel fallen. Auf ihrer Hochzeitsreise in Vegas hatte Gil ihr mageres Budget mit Kartenspielen verdreifacht. Gil konnte sich unheimlich gut Zahlen merken. Welche Karten bereits ausgespielt wurden, wer was auf der Hand hatte und welche Karten noch im Stapel waren. Wären sie nicht so sehr mit anderen Dingen beschäftigt gewesen, hätte er im Kasino ein kleines Vermögen gewinnen können.

Als sie es wagte, in seine Richtung zu schauen, zuckte er mit den Schultern, vergewisserte sich dann, ob niemand zusah, und zwinkerte ihr zu.

Michelle schaute ihren Mann vielsagend an und lehnte sich näher zu ihm heran. „Ich habe gesehen, dass ein paar interessante Aktivitäten am Pool stattfinden, vielleicht können wir etwas davon machen."

„Ja." Kirk nickte. Wahrscheinlich war er genauso froh darüber, nicht Bingo spielen oder beim Quiz mitmachen zu müssen. „Lass uns das tun."

Pam musste sich schon wieder zusammenreißen, um nicht laut zu lachen. Offenbar suchten alle nach Möglichkeiten, Nancys Aktivitäten zu entkommen. Am Pool sollte heute Line Dance stattfinden, und Michelle glaubte, dass dies tatsächlich unterhaltsam werden könnte. Kirk könnte auch am Bauchklatscher-Wettbewerb teilnehmen. Oder wurde heute der Sexiest Man gewählt?

„Ich glaube, ich sonne mich an Deck und lese", sagte Angie mit einem leicht nervösen Lächeln.

Pam hätte beinahe den Kopf geschüttelt. Angie sollte ihre Nase nicht in einem Buch vergraben, wenn sie auf dieser Reise ein wenig Spaß haben wollte.

„Die Damen haben recht." Leo schaute George an. „Ein bisschen frische Luft würde uns allen guttun."

Mit gehobenem Kinn wirkte Nancy noch intellektueller. „Solange ich am Quiz teilnehmen kann. Ein bisschen Sonnenbräune kann wohl nicht schaden."

„Super." Pam machte ein Daumen-hoch-Zeichen. „Möge der Spaß beginnen."

Nach einer Viertelstunde im Internet hatte Gil herausgefunden, dass nur an einem Ort, wo sie anlegten, Blitzscheidungen durchgeführt wurden. In der Dominikanischen Republik. In neun Tagen. Von beiden Parteien unterschriebene Scheidungspapiere und eine anwesende Person waren die einzigen Voraussetzungen und stellten kein Problem dar, solange man Zeit hatte, um einundzwanzig Tage darauf zu warten, dass die Scheidung rechtskräftig wurde. Hatte man nur vier Stunden übrig, mussten beide Personen vor den Richter treten. Und das bedeutete, dass er die Kreuzfahrt so schnell nicht abbrechen konnte, es sei denn Gils Anwalt könnte von zu Hause aus Wunder wirken.

Als Nächstes stand Leo Dixon auf seiner Liste. Während er durch die Auswahl der unzähligen Männer scrollte, die alle den gleichen Namen trugen, und die zu jungen und zu alten aussortierte, zeigte Gils Handy eine Nachricht an.

*Ich habe Antworten. Anruf oder Mail?*

Das wurde auch Zeit. Gil tippte schnell seine Antwort. *Mail mit Anhang aller Dokumente.*

Die Antwort schien über ein einfaches Okay hinauszugehen. Endlich leuchtete das Display auf. *Abgeschickt.*

Weitere Sekunden vergingen, die ihm vorkamen

wie eine Ewigkeit. Wenn man bedachte, wie teuer das Internet auf dem Schiff war, war die Verbindung fürchterlich langsam. Es fühlte sich fast so an wie in den Zeiten, als man sich noch ins Internet einwählen musste. Das Schiff war wohl nicht auf dem neuesten Stand.

Seine Geduld wurde schließlich in Form einer E-Mail belohnt. Gespannt und nervös bewegte er seine Finger über das Display. Der Anhang bestand aus dem ursprünglich nur von ihm unterzeichnete Dokument, dem gleichen Dokument, das Pam einen Tag später unterschrieben hatte, und einem langen Entschuldigungsbrief von ihrem Anwalt. Er überflog eilig die Worte, und sein Magen zog sich zusammen. Er hatte gewusst, dass Pam ihm die Wahrheit gesagt hatte. Dass es ein Versehen der Anwälte gewesen war. Ebenso hatte er damit gerechnet, dass sie nicht offiziell geschieden waren und dass er noch mehr als eine Woche mit Pam und ihrem Verlobten auf dem Schiff bleiben musste. Dennoch hatte er gehofft, dass es eine einfache Lösung geben würde.

Doch alles, was er nun las, waren Begriffe, die er nicht verstand, aus denen er aber entnahm, dass irgendein unfähiger Angestellter die Anweisungen falsch verstanden hatte und statt Pam die gleiche Kopie wie Gil unterschreiben zu lassen, Pam eine neue Kopie vorgelegt hatte. Gils Anwalt hatte sich daraufhin versichern lassen, dass der Fehler korrigiert werden würde. Danach hatte sich herausgestellt, dass der Assistent aufgrund mehrerer Fehler entlassen worden war. Die Anwälte hatten geglaubt, alle wären korrigiert worden, was jedoch eindeutig nicht der Fall gewesen war. Nun stand außer Frage, dass Gil und Pam noch offiziell verheiratet waren.

Im Rest der E-Mail stand nur das, was Gil ohnehin schon wusste. Die beste Option für eine Scheidung war die Insel Hispaniola, die zur Dominikanischen Republik und Haiti gehörte. Seine Anwälte leiteten alles in die Wege, auch die Fahrt vom Hafen der Hauptstadt Santo Domingo. Alles musste zeitlich exakt geplant werden. Eine Strecke würde zwei Stunden beanspruchen, die Scheidung vier Stunden, und sie legten nur neun Stunden an. Er hoffte, dass es funktionieren würde. Eine von Karens besten Freundinnen hatte an einer amerikanischen Schule in Südamerika gearbeitet, und im Informationsschreiben für Lehrkräfte aus dem Ausland war erwähnt worden, dass man auf keinen Fall pünktlich erscheinen sollte, wenn man von einer Familie zum Abendessen eingeladen wurde. Ob es sich hier ähnlich verhielt?

Wieder zeigte sein Telefon eine Benachrichtigung an. Diesmal war es Kirk. *Die Halle ist in einer halben Stunde reserviert. Kommst du?*

Er hatte noch nicht einmal angefangen zu arbeiten. Und er musste Pam suchen, um ihr die Neuigkeiten zu berichten. Doch eine halbe Stunde mehr oder weniger würde auch keinen Unterschied machen. Zumindest würde Pam noch ein wenig länger die gleiche Hoffnung hegen können, die er bis soeben gehabt hatte.

*Bin dabei. Wir treffen uns dort.* Vielleicht wäre es sogar gut, eine Stunde lang auf einen Ball einzuschlagen, um sich von dem abzulenken, was bald auf dem Plan stand.

# KAPITEL 8

So ließ es sich leben. Wie die meisten Rothaarigen konnte Pam nicht allzu lange in der Sonne bleiben. Doch eingecremt mit Lichtschutzfaktor fünfzig und bekleidet mit einem Badeanzug und Hut mit breiter Krempe, konnte sie sich zumindest für eine Weile entspannen.

„Ich hätte gern noch einen BBC." Michelle reichte dem Kellner ihr leeres Glas, als dieser stehen blieb und auch die anderen Damen fragte, ob sie noch etwas trinken wollten.

„Eine Cola Light bitte", sagte Angie und gab ihm ebenfalls ihr leeres Glas.

„Ich nehme auch einen BBC", sagte Nancy.

Da Pam unbedingt einen klaren Kopf brauchte, verzichtete sie auf hochprozentigen Alkohol. „Eine Limonade bitte."

Als alle leeren Gläser auf seinem Tablett standen, nickte der Kellner, murmelte etwas darüber, dass er gleich wieder da sein würde, und ging davon.

„Ich muss schon zugeben", Nancy lehnte sich lächelnd zurück, „das ist definitiv besser als Bingo. Besonders dieser Milchshake mit Baileys."

„Darin ist keine Milch enthalten", sagte Angie, die neben Nancy auf einer Liege entspannte.

„Es ist trotzdem köstlich. Und?" Nancy hob eine Hand, um die Sonne abzuschirmen, und schaute

Michelle an. „Was steht heute sonst noch auf dem Programm?“

Ein freches Grinsen legte sich auf Michelles Gesicht. „Nun …“

„Ich wusste es“, platzte Pam heraus. Sie klatschte lächelnd in die Hände und setzte sich aufrecht hin. „Was ist es?“

„Das hängt davon ab, wie viel Bier Kirk vor dem ersten Event trinkt.“

„Oh, das könnte interessant werden.“ Pam lehnte sich zurück. „Überaus interessant.“

Angie schaute ihre beiden Freundinnen bedeutungsvoll an, während sie gelassen Sonnencreme auf ihren Armen verteilte. „Willst du uns verraten, worum es geht?“

„Meine Damen“, erklang eine tiefe Stimme.

Pam öffnete die Augen und sah Kirk, der vor seiner Frau stand.

Gil befand sich direkt hinter ihm.

„Ich habe Gil davon überzeugt, dass es viel sinnvoller ist, in den Pool zu springen, als im Zimmer zu duschen.“ Kirk warf das Handtuch, das um seinen Hals hing, neben den Liegestuhl seiner Frau und wandte sich an Gil. „Der Letzte bezahlt die Getränke heute Abend.“

Wie der Blitz schoss Kirk über das Deck, und Gil war ihm dicht auf den Fersen. Die beiden Männer lachten so laut wie Teenager.

Pam wusste nicht warum, aber Gil so entspannt zu sehen, brachte sie zum Lächeln. All die Jahre hatte sie gehofft, dass so sein Leben aussah. Der Verlust war einfacher zu ertragen gewesen, wenn sie sich ihn glücklich, lebenslustig, verliebt und vielleicht sogar als Vater vorgestellt hatte. Mit Kindern, die genauso aussahen wie er und das gleiche verschmitzte Grinsen hatten.

Als sie am Pool angekommen waren, stießen die Männer Tarzan-Schreie aus und sprangen erst hoch in die Luft, um dann mit angezogenen Knien im Wasser zu landen. Sie trafen in der Mitte auf, und Wasser spritzte an allen Seiten aus dem Becken, sodass die Hälfte der Leute, die sich sonnten, nass wurden. Teenager war vielleicht noch immer eine zu reife Beschreibung.

„Männer", murmelte Nancy. „Apropos. Ich glaube, meine Männer spielen immer noch Karten."

„Oder sie erwarten dich beim Quiz", fügte Michelle hinzu.

Ein schuldbewusstes Lächeln legte sich auf Nancys Lippen. „Ups. Das habe ich wohl verpasst."

In diesem Moment erschien der Kellner, um die Getränke zu bringen, und Nancys Lächeln wurde noch breiter. Weniger als vierundzwanzig Stunden auf dem Schiff, und Pam hatte bereits einen schlechten Einfluss auf sie gehabt. Sie trank mittlerweile genauso viel wie alle anderen.

Michelle winkte dem Kellner. „Bringen Sie meinem Mann bitte ein Bud Light?" Sie wandte sich Pam zu. „Weißt du, was Gil gern trinkt?"

Da sie sich ziemlich sicher war, dass man auf dem Schiff keinen selbst gebrannten Schnaps aus Georgia ausschenkte, bestellte sie das gleiche Bier für ihn, das er gestern Abend getrunken hatte, und wandte sich dann wieder ihrer Freundin zu. „Wie viel Zeit bleibt uns, um dafür zu sorgen, dass er lockerer wird?"

Michelle ließ die Augen geschlossen. „Nicht viel."

„Wovon sprecht ihr?" Nancy nahm einen Schluck von ihrem neuen Lieblingsgetränk.

„Sollen wir es ihr verraten?", fragte Michelle.

Pam lachte. „Klar."

„Das nächste Event ist der Bauchklatscher-Wettbewerb", verkündete Michelle, die sich immer noch mit geschlossenen Augen sonnte.

„Ist das alles?", fragte Angie und drehte den Kopf in Pams Richtung.

„Fürs Erste", erwiderten Pam und Michelle zeitgleich, bevor sie in Gelächter ausbrachen.

Angie schüttelte den Kopf und konnte ein Lachen nun auch nicht mehr unterdrücken. „Ihr habt zu viel getrunken."

„Ich trinke Limonade." Pam drehte den Kopf in die Richtung ihrer Freundin und wedelte mit der Hand in der Luft herum. „Schon vergessen?" Mit einem geöffneten Auge schaute sie zu, wie Kirk sich näherte.

Michelle wollte die anderen gerade warnen, dass sie das Thema wechseln mussten, als sie unterbrochen wurde. Sie quietschte laut und setzte sich abrupt aufrecht hin. Zu spät. Kirk stand neben seiner Frau und ließ Wasser auf ihren Körper tropfen.

„Sorry." Kirks belustigtes Lächeln verriet, dass es ihm in Wahrheit nicht leidtat. „Hast du ein zusätzliches Handtuch? Der zuständige Mitarbeiter ist gerade nicht da."

Sie warf ihm ein großes blaues Handtuch zu, woraufhin Kirk seine Frau in die Arme schloss und ihr einen schnellen Kuss gab.

Beide lachten wie alberne Teenager.

Pam musste zugeben, dass sich Michelle einen guten Mann ausgesucht hatte. Einen sehr guten. Einst hatte Pam das Gleiche von sich selbst gedacht. Apropos. Sie drehte sich zum Pool um.

Wie ein nordischer Gott stemmte sich Gil gerade aus dem Wasser und stand für einen Moment reglos da, während die in der Sonne funkelnden Tropfen von seinen Schultern rannen, an seinen Armen hinunter, über seine Brust bis zu …

*Lieber Himmel.*

Er zögerte kurz und schaute von einer Seite zur

anderen, als würde ihm erst jetzt klar werden, dass er ein Handtuch brauchte. Es sei denn natürlich, er wollte das Wasser einfach von seinem Körper tropfen lassen, bis er trocken war, und demnach zu urteilen, wie einige Frauen ihn gerade anstarrten, hätten sie wohl nichts dagegen einzuwenden gehabt.

Was Pam mehr ärgerte, als es das hätte tun sollen. Sie griff nach dem zusätzlichen Handtuch, das sie parat hatte, falls sie sich vor der Sonne schützen musste, und wedelte damit in Gils Richtung. Das breite Grinsen, das er ihr dafür schenkte, brachte ihr Herz fast dazu, stehen zu bleiben. Es war ihr schon schwergefallen, ihn am Pool stehend zu beobachten, und nun musste sie sich daran erinnern auszuatmen. Wie schaffte es der Mann nach all den Jahren, dass ihr bei seinem Anblick immer noch heiß wurde?

„Danke." Er griff nach dem Handtuch. Obwohl sich ihre Finger kaum berührten, sprühten die Funken.

„Gern geschehen." Er trocknete sich das Gesicht ab, und sie hätte fast geweint, als er sich das Handtuch um die Hüften band.

„Und jetzt, meine Damen und Herren", erklang es aus dem Lautsprecher, „versammeln Sie sich bitte alle um den Pool herum. In einer Viertelstunde beginnt der Bauchklatscher-Wettbewerb. Alle Teilnehmer können sich bei Terry am Kiosk registrieren."

Michelle schaute ihren Mann an, schenkte ihm ein kleines Lächeln, blinzelte, aber sagte kein Wort.

„Oh nein." Kirk wich einen Schritt zurück.

„Warum nicht?" Diesmal lächelte sie schief.

Gil lachte leise, zwinkerte Pam zu und schaute dann seinen neuen Freund an. „Gute Frage. Warum nicht?"

Langsam drehte sich Kirk zu ihm um. „Dir ist klar, dass es ein Bauchklatscher-Wettbewerb ist?"

„Ja."

„Und das tut weh, wenn man es richtig macht. Verdammte Sch…"

Michelle legte sich einen Finger an die Lippen und deutete mit dem Kopf zu einer Familie mit kleinen Kindern.

„Nein", fuhr Kirk fort. „Aber du kannst gern …"

„Sorry." Gil hob die Hand. „Ich bin nicht derjenige, der von seiner Frau angehimmelt wird."

„Du kannst dir meine ausleihen." Kirk schaute Michelle an und zwinkerte ihr zu. „Zeig uns deinen vergötternden Blick. Kein Mann kann dir widerstehen."

Michelle schüttelte den Kopf über den schlechten Witz ihres Mannes. „Ich verstehe nicht, warum du es nicht ausprobieren willst. Ihr habt doch ohnehin schon die Hälfte der Leute nass gespritzt. Natürlich könnt ihr aber auch beim Angebot nach dem Tanzkurs mitmachen. Das könnte euch Spaß machen."

Pam wusste, was danach auf dem Programm stand, aber demnach zu urteilen, wie Kirk seine Frau mit zusammengezogenen Augenbrauen ansah, hatte sie den Eindruck, er würde überlegen, was auf den letzten Kreuzfahrten nach dem Tanzen angeboten worden war. Auf einmal schien es ihm einzufallen, und er schüttelte den Kopf. „Auf keinen Fall."

„Spielverderber." Michelle schob scherzhaft die Unterlippe vor.

Kirk schlang sich das Handtuch um seine Hüften. „Lass uns zurück aufs Zimmer gehen, dann zeige ich dir, wozu dieser Spielverderber in der Lage ist."

Michelle senkte den Kopf, presste die Lippen aufeinander und errötete wie ein Schulmädchen.

„Ich erinnere mich gut an diese Zeiten." Nancy seufzte und nahm noch einen Schluck von ihrem Getränk. „Zumindest glaube ich das."

„Ich wünschte, ich würde mich noch dran erinnern", murmelte Angie.

Gil schaute Pam an, zog das Handtuch fester um seine Hüften, und der Blick aus seinen blauen Augen verdunkelte sich. Das Brennen darin sagte mehr, als tausend Worte es vermocht hätten. Er erinnerte sich also eindeutig noch an diese Zeiten.

Gil hätte sich niemals von Kirk überreden lassen dürfen, mit an Deck zu kommen. Da er Pam unbedingt die Neuigkeiten berichten wollte, war es seinem Freund nur allzu leicht gelungen, ihn nach dem Spiel davon zu überzeugen. Aber in der Sekunde, in der er seine Ex-Frau – oder Frau – auf dem Liegestuhl gesehen hatte, hatte er gewusst, dass es besser gewesen wäre, zurück in seine Kabine zu gehen, zu duschen und später mit Pam zu reden, vorzugsweise wenn sie mehr Kleidung trug. Er war vollkommen betört von ihr. Ihr rotes Haar war über die Jahre ein wenig dunkler geworden, und der neue Ton stand ihr gut, ebenso wie der blaue Badeanzug, der sich schmeichelhaft an ihren Körper schmiegte. Detailreiche Erinnerungen an jede Vertiefung und Rundung ihres Körpers kehrten zurück. Er hatte es nicht erwarten können, in den Pool zu springen, um diese Gedanken zu verdrängen. Und es hatte funktioniert – bis er zu der Gruppe zurückgekehrt war. Cool zu tun, war eine unerwartete Herausforderung gewesen. Er war kein Teenager, der seine Hormone nicht unter Kontrolle hatte, sondern ein erwachsener Mann, der gelernt hatte, seine Gedanken und seine Impulse zu zügeln. Doch Nancys Bemerkung nach dem zweideutigen Austausch zwischen Kirk und seiner Frau hatte ihm den Rest gegeben.

Heiße Tage und Nächte in Georgia und Vegas kamen ihm wieder in den Sinn. Alles, was er tun konnte, war, sich mit einem Handtuch zu bedecken und zu hoffen, dass niemand seinen inneren Kampf bemerkte. Und das klappte auch fast. Außer bei Pam. Er hätte alles darauf verwettet, dass ihr die gleichen Gedanken durch den Kopf gingen.

„Ich sollte zurück auf mein Zimmer und mich umziehen", sagte er.

„Unsinn", erwiderte Nancy. „Du kannst doch in der Sonne trocknen. Wir bleiben auch hier."

„Danke, aber ich muss arbeiten."

Ein lautes Platschen erklang im Hintergrund, und die Menge, die sich hinter ihnen versammelt hatte, johlte. Angie reckte ihren Hals, um zwischen den Leuten hindurchzuspähen.

„Klingt, als hätte der Wettbewerb begonnen."

„Das stimmt", sagte Michelle leicht enttäuscht.

Nancy betrachtete die beiden Männer, seufzte und leerte ihr Glas. „Was steht als Nächstes an?"

Kirk verdrehte die Augen. „Wie viele davon hat sie schon getrunken?", flüsterte er Michelle zu.

Seine Frau hob drei Finger und beantwortete Nancys Frage. „Poolspiele, aber die Männer wollen nicht mitmachen."

„Ich muss wirklich arbeiten", wiederholte Gil, während im Hintergrund weitere Rufe und Wassergeräusche ertönten.

„Nur zu arbeiten und sich nicht zu entspannen, ist nicht gut für die Seele. Vertrau mir, ich weiß, wovon ich rede." Nancy hob ihr Glas und winkte einem Kellner zu.

„Vielleicht solltest du keinen mehr trinken", merkte Angie vorsichtig an.

„Ach, es sind doch nur Michshakes."

Alle schauten sich an, doch niemand traute sich, Nancy zu widersprechen. Zumindest musste sie nicht fahren.

„Meine Damen und Herren", erklang die Stimme des Ansagers durch den Lautsprecher, während die Calypso-Band zu spielen begann, „als Nächstes folgt unser Line-Dance-Workshop."

„Ach ja!" Nancy sprang auf und packte Gil an der Hand. „Komm schon. Du siehst aus, als könntest du tanzen."

Pams Augen weiteten sich, Michelle und Angie lachten, und Gil wusste nicht, wohin er sich wenden sollte. Was war nur mit der missmutigen Frau vom Frühstück passiert? Nach den Cocktails war Nancy eine andere Person.

„Lass uns den anderen zeigen, wie es geht."

Ehe Gil sich versah, zog Nancy ihn zu sich heran, nahm auch seine andere Hand und machte Tanzschritte, die wohl eine Art Swing darstellen sollten. Nun konnte er nicht mehr entkommen. Eine Drehung hier, ein paar Schwenker dort, und schon hatte sich eine Gruppe aus Leuten um sie herum versammelt. Er hatte seit Jahren nicht mehr getanzt. Seit dem College. Wenn man Karriere machte, hatte man nicht viel Zeit für Nächte in Clubs, und Karen machte sich nicht viel aus solchen Dingen.

Als das Lied endete, war Gil bereit, Nancy zurück zu ihrer Gruppe zu führen, doch die Band setzte nun zu einem schnelleren Titel an.

Nancy klatschte in die Hände, drehte sich um die eigene Achse und griff wieder nach seiner Hand.

Er glaubte zu hören, dass Angie irgendetwas von Tanz-Moves murmelte.

Auch Pams leises Lachen vernahm er. Aus dem Augenwinkel sah er ihren roten Schopf und wirbelte Nancy in die entgegengesetzte Richtung herum, als er Pams Stimme hörte.

„Vertrau mir, seine Moves waren nie ein Problem zwischen uns."

# KAPITEL 9

Als Pam im ländlichen Georgia aufwuchs, gab es für die Teenager im Dorf nicht viele Unterhaltungsmöglichkeiten. Das war wahrscheinlich der Hauptgrund dafür, dass die meisten von ihnen Porterville verließen, sobald sie ihren Highschool-Abschluss gemacht hatten. Wenn nicht sogar schon vorher. Die Lieder der Jukebox im Diner waren älter als Pam selbst. Das lag vermutlich daran, dass sich die Betreiber des Lokals, ebenso wie der Rest des Bezirks, keine modernen technologischen Errungenschaften leisten konnten. Sie bezweifelte, dass es viele Firmen gab, die Musik für derart alte Geräte herstellten.

Immer, wenn man ein bisschen Geld übrig hatte, es jedoch keinen besseren Ort gab, an dem man es ausgeben konnte, trafen sich einige der jungen Leute im Diner, schoben die wenigen Tische an eine Wand und veranstalteten einen Tanzwettbewerb. Der Gewinner bekam ein kostenloses Mittagessen von Gloria, der Besitzerin. Essen war immer eine gute Motivation, um sich zu bewegen. Sie und Gil waren das beste Tanzpaar. Ihr Vater hatte nicht viel Geld, aber er hatte ihr beigebracht zu tanzen, was ihr auch zu der Bestnote in ihrem Tanzkurs im letzten Schuljahr verholfen hatte. Gil hatte den gleichen Kurs belegt, und er schien, wie in allem anderen auch, ein Naturtalent zu sein.

Sie lächelte bei dieser Erinnerung. Er hatte schnell gelernt und ihr bald neue Moves beibringen können – nicht nur auf der Tanzfläche.

„Warum lächelst du heute die ganze Zeit?" Angie schaute Pam kurz an, ehe sie ihren Blick wieder auf Nancy und Gil richtete, ebenso wie auf die anderen Paare, die nun auch tanzten.

„Ich bin im Urlaub. Sollte ich da nicht lächeln?" Sie wollte nicht erwähnen, dass sie gerade an alte Zeiten zurückgedacht hatte. Etwas, dass sie in den letzten vierundzwanzig Stunden oft getan hatte.

„Hm."

Pam wandte den Blick von den tanzenden Paaren ab und schaute ihre Freundin an. „Was soll das heißen?"

„Nichts." Angie schaute immer noch zu den Tanzenden. „Mir ist nur aufgefallen, dass dein Lächeln anders aussieht, wenn du mit Leo zusammen bist."

„Inwiefern anders?" Pam machte Anstalten, ihre Arme zu verschränken, entschied sich dann jedoch dafür, sie an ihren Seiten hängen zu lassen, um entspannt zu wirken, was jedoch vergeblich war. Sie schaute wieder zur Tanzfläche. „Ein Lächeln sieht immer gleich aus."

„Nein, es gibt ganz unterschiedliche Arten. Ein Lächeln kann ausdrücken *Ach, ist der Hund nicht süß* oder *Ich habe ein Geheimnis* oder *Wenn ich Tequila trinke, ziehe ich mich gerne aus.* Bei Leo sehe ich das Hundelächeln. Bei Gil … nun …"

Pam ließ sich nicht auf diese Unterhaltung ein. Leo war gut für sie. Er hatte ein sicheres Einkommen. Er war verlässlich und gütig. Und Gil war … Geschichte. Und er würde eine andere heiraten, sobald die Scheidung rechtskräftig war.

„Mir kommt es vor", Angie verlagerte ihr Gewicht von den Zehenspitzen auf ihre Fersen, „als würde das

Schicksal versuchen, dir etwas mitzuteilen. Euch beiden."

„Das ist lächerlich. Gil wird alles regeln. Du wirst sehen. Ich werde auf St. Martin heiraten."

„Wenn du meinst."

Ja, sie war sich sogar sicher. Als Anwalt für den Inhaber der Zeitung hatte Leo so viel Zeit in Meetings mit dem Besitzer und ihrem Chef verbracht wie in seiner eigenen Firma. Sie hatte sich immer gut mit ihm verstanden, doch eines Tages hatte er betrübt gewirkt. Nachdem sie ihn zu einer Tasse Kaffee überredet hatte, hatte er ihr zögerlich von seinem Verdacht erzählt, was seine junge Ehefrau betraf. Ein paar Wochen und mehrere Tassen Kaffee später hatte sie erfahren, dass seine Frau eine Affäre mit ihrem Yogalehrer hatte. Das hätte Leo ihr vielleicht noch verziehen, aber als er herausgefunden hatte, dass sie mit seinem Geld die Renovierung des Yogastudios bezahlt hatte, war das selbst für einen netten Kerl wie Leo zu viel gewesen.

Aus den Kaffee-Dates waren Mittagessen und Abendessen geworden, danach waren sie zusammen ins Kino oder auf Konzerte gegangen, und irgendwo zwischen Leid und Freundschaft waren sie zu dem Schluss gekommen, dass der Unterschied zwischen besten Freunden und Liebenden kein großer war und dass sie genauso gut eine Beziehung miteinander eingehen konnten. Sich Hals über Kopf zu verlieben, wurde überbewertet. Eine Partnerschaft war viel wichtiger. Daran hatte sie nie Zweifel gehabt. Bis jetzt.

„Da sind sie ja." Angie stieß Pam mit dem Ellbogen an.

„Ich hatte recht." Nancy hielt sich die kurzen Haare hoch, um ihren Nacken zu kühlen. „Der Mann kann tanzen. Ich überlasse ihn jetzt euch."

Angie verschluckte sich. Zumindest hatte sie diesmal nicht gerade einen Schluck von ihrem Getränk genommen. Manchmal war Angie so albern wie ein Teenager. Sie musste endlich etwas erleben.

Die Musik setzte wieder ein, diesmal ein Lied, das besser zum Line-Dance-Workshop passte. Wenn man bedachte, wie viele Menschen an Bord waren, war die Gruppe, die sich zu dieser Veranstaltung eingefunden hatte, recht klein.

„Und jetzt alle. Machen Sie mir einfach alles nach", sagte die Frau, die den Kurs leitete, ins Mikrofon. Sie kehrte ihren Rücken der Menge zu, klatschte im Takt und machte erst ein paar Schritte nach links und dann nach rechts. Anschließend wurde wieder ein paarmal geklatscht, ehe sie die Fersen zusammenschlug und sich im Kreis drehte.

„Am besten kehren wir zu unseren Liegen zurück, bevor noch jemand …" Ehe Pam ihren Satz beenden konnte, kam ein anderer Mitarbeiter des Schiffes und zog sie auf die Tanzfläche. Ohne nachzudenken, streckte sie ihren Arm aus und zog Gil mit sich, der soeben geflohen war.

Die Tanzlehrerin begann nun mit ihrer Choreografie. Ein paar Schritte lang konnten alle mithalten. So wie die Lehrerin liefen sie ein paar Takte nach links und dann wieder nach rechts. Nun ging es nach vorn und schließlich nach hinten, ehe eine Drehung vollführt wurde und es wieder von vorn losging. Bei der dritten Wiederholung schienen es alle begriffen zu haben. Die Frau gab weiterhin Anweisungen, damit alle folgen konnten. Die Leute lachten und traten sich hin und wieder auf die Füße, woraufhin sie noch lauter lachten. Auch Pam und Gil.

Auf der anderen Seite des Decks in der Nähe der Liegestühle trank Nancy einen großen Schluck Wasser und betrachtete die Tanzenden. „Die beiden scheinen eine Menge Spaß zu haben."

Angie hielt die Augen geschlossen, zuckte mit den

Schultern und wünschte sich, Michelle und Kirk wären nicht auf ihr Zimmer gegangen, um „sich umzuziehen". Hätte sie geahnt, dass Pam und Gil einander näherkamen, wäre sie auch in ihre Kabine geflüchtet. Vielleicht sollte sie jetzt verschwinden. „Ich habe Hunger. Sollen wir zum Büffet gehen?"

Nancy schüttelte den Kopf, ohne den Blick von den Tanzenden abzuwenden, und trank noch einen großen Schluck.

Pam und Gil lachten mittlerweile wie verliebte Teenager.

Nancy drehte ihre Wasserflasche zu. „Ich frage mich, wie nahe sich die beiden einst standen."

Die Frau war viel zu schnell nüchtern geworden.

Angie stieß ein Seufzen aus. Die nächste Hochzeitsreise würde sie allein unternehmen.

„Da bist du ja." George trat neben seine Frau. „Wie war das Quiz?"

„Ich war nicht dort."

Nun bahnte sich auch Leo einen Weg durch die Menge, blieb neben Angie stehen und lächelte. „Genießt ihr die Sonne?"

Endlich eine Frage, die sie beantworten konnte. „In der Tat. Kein Wunder, dass die Leute im Ruhestand nach Florida ziehen. Oder sich eine Insel kaufen."

Leo stieß ein Lachen aus. „Kennst du viele Leute, die sich eine Insel kaufen?"

„Eigentlich nicht." Angie erwiderte sein Lächeln. Sie mochte Leos warme Art und seinen Sinn für Humor. Und das waren auch die Dinge, die Pam an ihm liebte. *Pam.* Angie schwang ihre Beine vom Liegestuhl, erhob sich und lotste Leo ein Stück von der Tanzfläche weg. „Und? Wer hat gewonnen?"

„Leo", antwortete George, ehe er sich wieder seiner Frau zuwandte. „Ich könnte was zu essen vertragen. Und ihr?"

„Gleich", erwiderte Nancy, die immer noch zur Tanzfläche schaute.

Wie Angie befürchtet hatte, sahen nun alle in dieselbe Richtung.

George schien nichts zu bemerken, denn er schaute sofort wieder Nancy an. „Ich bin völlig ausgehungert. Sollen wir die anderen rufen und gehen?"

Leo dagegen studierte die Tanzenden einen Moment länger. Obwohl Angie hoffte, dass er die Augen nur wegen der Sonne zusammenkniff, hatte sie den Verdacht, dass er seine Verlobte und ihren Ex beobachtete. Fiel Leo auf, dass sie eine engere Verbindung zueinander hatten, als ihm bewusst gewesen war?

Doch als er sich wieder ihr zuwandte, lächelte er. „Ja, lasst uns die anderen rufen und etwas essen." Er drehte sich zu Angie um und hielt ihr seinen Arm hin. „Sollen wir schon mal vorgehen?"

# KAPITEL 10

Die Fahrstuhltür öffnete sich auf Gils Etage, und er stieg aus. Dank Squash und Tanz hatte er so viel Sport gemacht wie seit Jahren nicht mehr. Und er hatte sich amüsiert. Er wusste nicht, wann er zuletzt so viel gelacht hatte. Sein Herz raste immer noch. Seine Wangen schmerzten vom Lächeln. Ein paar Minuten lang war es ihm vorgekommen, als wäre er in die Vergangenheit zurückversetzt worden, in eine Zeit, in der das Leben schön war. Sehr schön.

Zu viele Jahre hatte er sich nur auf seine Karriere konzentriert. Um sich ein besseres Leben zu ermöglichen. Ein schönes Leben. Doch darüber hatte er vergessen, was es bedeutete zu leben. Und er wusste genau, wann das passiert war. Als er beschlossen hatte, Porterville und die arme Gegend hinter sich zu lassen.

„Hallo Mr Watson. Ist Pam zu Hause?" Gil hatte eine anstrengende Woche gehabt. Er war ins Wohnheim für das Baseball-Team eingezogen und hatte sich seinen Stundenplan zusammengebastelt. In der Highschool hatte er gute Noten gehabt, jedoch nicht so gut, dass er ein akademisches Stipendium hätte bekommen können. Dennoch wusste er, dass er seinen College-Abschluss schaffen würde, selbst wenn die Lehrer gegenüber Leuten mit Sportstipendium misstrauisch waren. Er hatte sich für Kurse anmelden und Bücher kaufen müssen. Außerdem hatte er seine Sportausrüstung abgeholt und stundenlang mit seinem

Team trainiert. Alle Sportler mussten abends zu einer bestimmten Zeit im Wohnheim sein, und zu diesem Zeitpunkt war er müde und mit Muskelkater ins Bett gefallen. Dennoch hatte er sich jedes Mal auf den nächsten Tag gefreut. Für Telefonate hatte es keine Zeit gegeben. Nur seine Mom hatte zweimal angerufen, was ihn nervös gemacht hatte. Irgendetwas stimmte nicht.

Er freute sich, endlich Pams Stimme zu hören.

„Sie ist nicht zu Hause."

„Wann kommt sie wieder?"

„Gar nicht."

„Was soll das heißen?"

Bei Mr Watsons Tonfall stellten sich seine Nackenhaare auf.

„Sie wohnt nicht mehr hier."

Warum hatte sie ihm das nicht erzählt? Hatte sie einen Job gefunden? Sie musste doch versucht haben, ihn anzurufen. Eine Nachricht hinterlassen haben.

„Und wo wohnt sie jetzt?"

„Das weiß ich nicht."

„Was soll das heißen?" Seine Mutter war nicht glücklich über die Hochzeit gewesen, und es hatte sie gefreut, dass Pam bereit war, sich scheiden zu lassen, damit er den Zuschuss bekam und wie geplant das College besuchen konnte, aber er hatte stets gedacht, dass Mr Watson mit der Sache einverstanden war. Er hatte ihm vertraut. Hatte daran geglaubt, dass er ihr eines Tages ein gutes Leben ermöglichen konnte.

„Sie ist fort. Du musst dich damit abfinden, dass meine Pammy niemals nur einem Mann die Treue halten kann. Am besten vergisst du sie und lebst dein Leben."

Gelächter in dem engen Flur holte Gil in die Gegenwart zurück, und er versuchte, die Erinnerung an diesen traurigen Tag zu verdrängen.

Hand in Hand und lachend kamen ihm Michelle

und Kirk entgegen.

„Hey Kumpel." Kirk nickte ihm zu. „Wir sind auf dem Weg zum Mittagessen mit den anderen. Kommst du mit?"

Gil schüttelte den Kopf. „Ich muss duschen. Und arbeiten. Geht ruhig ohne mich."

Michelle lehnte sich an ihren Mann, was nicht anhänglich wirkte, sondern so, als wollte sie nur so viel Körperkontakt herstellen, dass sie sich mit ihm verbunden fühlte. Und nach dem verklärten Ausdruck in Kirks Augen zu urteilen, schien ihm das zu gefallen. „Bis später."

Als sie davongingen, fragte sich Gil, wie lange die beiden schon verheiratet sein mochten. Auch wenn sie wirkten, als wären sie noch nicht lange zusammen, hatte er mitbekommen, dass sie eine Tochter hatten. Er dachte noch immer darüber nach, wie Kirk Michelle angesehen hatte, als er die Tür zu seiner Kabine aufschloss, auf den Balkon trat und sich hinsetzte, um die frische Luft zu genießen.

Er hatte seit gestern nicht mehr mit Karen gesprochen. Es gab keine guten Neuigkeiten, und er hatte Angst, ihr zu sagen, dass er länger an Bord des Schiffes bleiben musste als erwartet. Es missfiel ihm, dass er Karen in diese Lage gebracht hatte. Sie hatte etwas Besseres verdient. Ein Bild von Kirk, der seine Frau anhimmelte, kam ihm wieder in den Sinn. Karen verdiente es, so angesehen zu werden, wie Kirk Michelle ansah – wie ein verdurstender Mann, der eine Oase entdeckt hatte.

Und sie hatte es verdient zu erfahren, was vor sich ging. Er hatte ein kleines Vermögen für eine schnelle Internetverbindung ausgegeben, das könnte er ebenso gut ausnutzen. Er griff nach seinem Telefon, um sie anzurufen, und wartete darauf, dass der Ruf durchging. Seine Muskeln verspannten sich immer mehr.

„Hallo.“

„Hey. Wie geht's?“

„Ich hatte gehofft, du würdest anrufen. Gibt es Neuigkeiten?“

„Ich fürchte ja.“

„Oh nein.“

„Einer von den Buchanans hat herausgefunden, was damals schiefgelaufen ist. Wie, spielt jetzt keine Rolle, aber nun hat sich bestätigt, dass wir tatsächlich nie geschieden wurden.“

Eine lange Pause entstand. „Oh“, hauchte seine Verlobte schließlich.

Karen war ständig in Bewegung. Selbst beim Telefonieren ging sie oft durch den Raum. Doch nun vermutete er, dass sie sich hingesetzt hatte. „Und was jetzt?“, fragte sie.

„Wir müssen uns in der Karibik scheiden lassen.“

„Bleibt noch genügend Zeit?“

„Es dauert angeblich nur vier Stunden, wenn wir beide persönlich vorstellig werden. Das Gericht kann die Scheidung sofort finalisieren.“

„Und wenn nur einer von euch vor Ort ist?“

„Dann dauert es einundzwanzig Tage.“

„Okay.“ Er hörte ihre kontrollierte Atmung, obwohl die Verbindung schlecht war. „Hast du eine Idee, was wir meinem Vater sagen können?“

„Ich habe ihm schon eine E-Mail geschrieben, dass es einen Notfall in der Familie gab, aber dass ich mich bemühen werde, so oft online zu sein wie möglich.“

„Das fällt definitiv in die Kategorie Notfall.“

„Und wir sind eine Familie.“ Oder werden es bald sein. Bei diesem Gedanken fühlte er sich zum ersten Mal seit zwei Tagen ein wenig ruhiger. Auch wenn er sich nicht gerade darauf freute, Allister Smythes Schwiegersohn zu werden. Es war dennoch an der Zeit dafür. Das Junggesellenleben genoss er schon lange nicht mehr. Nach einer Achtzig-Stunden-Woche wollte er zu jemandem nach Hause kommen. Zu *jemandem*.

Ihm fiel Pams lachendes Gesicht ein, als sie beim Tanzen über die Füße der Frau neben ihr gestolpert war. Das konnte nichts Gutes bedeuten.

„Bist du noch da?"

„Ja, sorry. Ich mache mir einfach Sorgen."

„Ich mir auch." Karens Stimme verlor sich. Sie klang anders als sonst, aber das war angesichts der Situation auch kein Wunder.

In der Ferne sah er ein anderes Schiff, das wirkte wie ein kleiner Punkt, jedoch wahrscheinlich so groß war wie das Schiff, auf dem er sich befand. Bestimmt waren Tausende Menschen an Bord und bemühten sich, ihren Alltag für ein paar Tage zu vergessen. „Ich hätte mich erkundigen und meine Kopie der unterschriebenen Papiere einfordern sollen, statt darauf zu vertrauen, dass alles gut geht."

„Es ist nicht deine Schuld. Du warst jung. Nicht alles im Leben läuft nach Plan."

„Und dennoch verdienst du etwas Besseres." *Etwas Besseres als mich.* Wo war dieser Gedanke hergekommen?

Von den Erinnerungen an Kirk und Michelle und den Blicken, die sie sich zuwarfen. Der Mann vergötterte seine Frau. Und Karen hatte einen Mann wie ihn verdient. Sie sollte sich nicht auf jemanden einlassen, nur weil ihr Vater ihn mochte.

Er hörte Karens Stimme, aber hatte nicht zugehört. „Sorry, was?"

„Ich habe gesagt, du hast auch was Besseres verdient."

Er erhob sich und stützte sich auf dem Geländer ab. Er hatte eine Frau vergöttert. Oder zumindest hatte er das gedacht. Trotz der verliebten McEntires glaubte Gil aber nicht mehr an diese Art von Liebe. Jedenfalls keine dauerhafte. Doch Karen sollte zumindest wissen, wie es sich anfühlte. Sie war eine tolle Frau. Trotz des Lebens als Socialite, das ihr Vater für sie initialisiert hatte, hatte sie sich etwas eigenes aufgebaut und war eine respektable Brokerin geworden. Sie konnte die Firma ihres Vaters im Schlaf führen. Sie brauchte dafür weder Gil noch irgendeinen anderen Mann, ganz gleich, was ihr Vater dachte. Wie auch er hatte sie sich ihr ganzes Leben darauf konzentriert, in allem die Beste zu sein. Zusammen hatten sie und Gil das Unternehmen erfolgreicher gemacht, als sich ihr Vater je hätte erträumen können. Sie waren gute Geschäftspartner. Es war nur logisch, dass sie diese gute Beziehung auch in ihr Privatleben übertrugen. Ihr Vater wurde nicht müde anzumerken, dass die Ehe schließlich nichts anderes als Teamwork sei. Er hatte so lange gedrängt, bis er und Karen zu dem Schluss gekommen waren, dass sie gut füreinander waren. Die Ehe war der nächste logische Schritt. Sie führten ein Familienunternehmen, für Schmetterlinge und verklärte Blicke blieb keine Zeit. Und dennoch …

„Bist du noch da?"

„Ja, die Verbindung ist nicht die beste."

„Wann kommst du zurück?"

„Ich nehme das nächste Schiff, wenn alles geregelt ist. Es hat keinen Sinn, danach noch weiter auf diesem mitzufahren." Er wollte nicht zugeben, dass er sich lieber vergewissert hätte, dass es Pam sicher zu ihrem Kreuzfahrtschiff zurückschaffte. „Ich buche ein Ticket, um am nächsten Tag an Bord zu gehen. Dann haben wir noch eine Woche, um uns mit letzten Krisen deiner Eltern auseinanderzusetzen."

„Jetzt kann uns ohnehin nichts mehr schockieren."

Er lachte. „Das stimmt."

„Alles wird gut." Karens Stimme klang nicht so fest wie sonst. „Oder?"

„Ja. Alles wird gut." Was auch immer gut bedeutete. Im Moment wusste er nicht, ob jemals alles wieder
so werden würde wie früher. Oder ob er das überhaupt
wollte.

Da George ausgehungert war, schlug er vor, dass sie
auf das Restaurant verzichteten und stattdessen zum
Büffet gingen, wo alles bereitstand.

Pam musste zugeben, dass es ein gutes Argument
war. Sie hatte sich so amüsiert, dass ihr gar nicht
aufgefallen war, wie hungrig sie war, bis sie das
Festmahl gesehen hatte, das auf den Tischen vorbereitet
worden war. Es gab so viele Desserts, dass sie ernsthaft
mit dem Gedanken spielte, den Hauptgang zu
überspringen und direkt den Kokoskuchen zu essen.

Sie nahm neben ihrem Verlobten Platz, schaute
sich eilig um und hielt nach Gil Ausschau. Ehe George
alle zum Essen überredet hatte, hatte Gil ihr zugeflüs-
tert, dass sie sich nach dem Abendessen an Deck mit
ihm treffen sollte. Er hatte nicht sagen müssen, was der
Grund dafür war. Es war offensichtlich, dass er
Neuigkeiten für sie hatte, und trotz des Lächelns und
des Tanzens wusste sie, dass er es ihr sofort mitgeteilt
hätte, wären es gute gewesen. Obwohl sie wusste, dass
er nicht zum Büffet kommen würde, schaute sie sich
immer wieder nach ihm um. So wie in jenem Sommer.
Sie wusste, dass er viel zu tun hatte, aber sie hatte
gewartet und gehofft, dass seine Mutter nicht die
Wahrheit gesagt hatte. Bis sie es nicht mehr ausgehal-
ten hatte. Aber das war lange her. Es spielte keine Rolle
mehr.

„Du siehst viel zu angespannt aus, wenn man
bedenkt, dass du im Urlaub bist." Leo legte eine Hand

auf ihre und drückte sie.

Er war so ein netter Kerl.

„Ich überlege nur, was ich zum Dessert essen soll."

„Iss doch alles."

„Ich will noch in mein Hochzeitskleid passen." Sie bemühe sich um ein entspanntes Lächeln, aber irgendetwas an der Art, wie Leo sie studierte, gefiel ihr nicht. „Jetzt wirkst du nachdenklich."

Er erwiderte ihr Lächeln und drückte ihre Hand noch einmal, ehe er sie losließ. „Ich denke über das Dessert nach."

Pam befürchtete, dass sie beide über das Gleiche nachdachten. Und es hatte nichts mit Kokoskuchen zu tun.

# KAPITEL 11

Der Ausblick auf das Meer und die Brise, die Gil ins Gesicht wehte, war die größte Entspannung, die er sich seit langer Zeit gestattete. Bei *Investco* an die Spitze aufzusteigen, hatte ihm nicht viel Zeit für irgendetwas anderes gelassen.

„Wartest du schon lange?"

Beim Klang der vertrauten Stimme drehte sich Gil um und sah, dass Pam neben ihn getreten war. Der Wind blies ihr die Haare, die sie lose mit einer Klammer zurückgesteckt hatte, ins Gesicht, und das lange Sommerkleid schmiegte sich an ihre Kurven, die ihm einst so vertraut gewesen waren. „Nein."

„Also." Sie stützte sich auf die Reling. „Was gibt es?"

„Du kommst immer noch gerne direkt zum Punkt."

„Es bringt nichts, lange drum herum zu reden."

Er nickte. „Ein unfähiger Assistent hat die Papiere nicht sachgemäß finalisiert."

Pam seufzte. „Dann sind wir also immer noch verheiratet."

„Ja." Er widerstand dem Drang, nach ihrer Hand zu greifen. Um sicherzugehen, schob er die Hände in seine Taschen.

„Gibt es eine Lösung?"

„Wir können uns in Santo Domingo scheiden lassen."

„Dort legen wir aber nicht an."

„Nein, aber wir legen zwei Stunden entfernt an. Einen Tag vor St. Martin.“

Sie schaute wieder auf das Meer hinaus. „Das ist knapp.“

„Ja. Aber wir können es schaffen.“

„Wir?“ Pam schaute ihn an.

Er nickte. „Wir können uns nur innerhalb von Stunden scheiden lassen, wenn wir die Papiere beide unterzeichnen.“

„Verflucht.“ Sie rieb sich die Schläfen.

Wieder hatte er das Bedürfnis, sie zu berühren, und sie so aufgewühlt zu sehen, machte es für ihn noch schwerer zu widerstehen. Er ging zwei Schritte auf sie zu und legte Pam langsam die Hände auf die Schultern, um sie zu massieren. „Du musst Leo erzählen, was vor sich geht.“

„Ach, ich bin mir sicher, das wird er wunderbar aufnehmen. *Übrigens, Schatz, ich bin noch verheiratet. Mit meinem ersten Mann. Ich hoffe, es macht dir nichts aus, dass ich mich schon dreimal der Bigamie schuldig gemacht habe.* Was ich ihm auch noch nicht erzählt habe.“

Gil ließ seine Hände ruhen. „Was genau?“

Ihr Rücken verspannte sich. „Er weiß, dass ich geschieden bin, aber er weiß nicht, wie oft.“

Pam war schon immer gut darin gewesen, andere zur Rede zu stellen, aber Dinge zu verschweigen. Deshalb war sie auch eines Tages ohne ein Wort aus Porterville verschwunden. Er massierte ihre Schultern weiter. „Irgendetwas musst du ihm erzählen.“

„Nicht, wenn alles funktioniert.“

„Es ist dir überlassen. Aber falls es irgendeinen Unterschied macht, zumindest bist du derzeit nicht mit zwei Männern verheiratet.“

Ihre Schultern verspannten sich unter seinen Fingern, und er wünschte sich, er könnte seine

Bemerkung zurücknehmen.

Sie schaute wieder zum Meer. „Ich nehme an, du weißt nicht, wann so etwas verjährt?"

„Es ist in diesem Fall irrelevant. Das Verbrechen ist keines mehr, sobald eine der Ehen aufgelöst wird. Wenn die Scheidung in den anderen Fällen rechtskräftig war."

Sie seufzte und ließ den Kopf nach hinten fallen. „Du meinst *falls*?"

„Hast du eine Bestätigung erhalten?" Er drückte fester, um die tiefen Verspannungen in ihren Nackenmuskeln zu lösen.

Sie wurde tatsächlich immer entspannter und ließ den Kopf nach vorn sinken. „Ja. Ich bin im Alter schlauer geworden."

„Du bist nicht alt."

„Aber auch nicht jung."

„Für mich bist du das."

Pam hob den Kopf und schaute ihn über die Schulter an. „Das ist das Netteste, was ich seit Langem gehört habe."

„Es stimmt. Du bist noch genauso schön wie auf dem Sportplatz im letzten Schuljahr."

„Im letzten Schuljahr?" Pam drehte sich zu ihm um, und Gil ließ seine Hände sinken.

Er zuckte mit den Schultern. „Als du es ins Cheerleader-Team geschafft hast."

„Das weißt du noch?"

„Wie könnte ich es vergessen? Du warst das schönste Mädchen der ganzen Schule. Es hat zwei Jahre gedauert, bis ich mich getraut habe, dich um ein Date zu bitten."

„Was?" Pam blieb der Mund offen stehen, und Gils Blick wanderte von ihren funkelnden blauen Augen zu ihren vollen Lippen, an die er sich noch so gut erinnerte und die er unbedingt noch einmal spüren wollte.

„Ich, äh … hab nicht damit gerechnet, dass du mit einem uncoolen Typen wie mir zusammen sein willst."

Ihr Blick wurde weich, und sie strich sanft mit den Fingerspitzen an seinem Kinn entlang. „Du warst der netteste, schlauste, heißeste Typ, den ich je kannte. Du hast andere verteidigt, wenn sie geärgert wurden, hast denen geholfen, die im Unterricht nicht mitkamen, du warst im Baseball-Team und hast zweimal hintereinander die Georgia-Meisterschaften gewonnen. Ich hab mich gefreut, als ich dir endlich aufgefallen bin."

Der leichte fruchtige Duft von Pams Parfüm stieg ihm in die Nase. „Elizabeth Arden, Red Door."

„Du erinnerst dich noch."

„Ich erinnere mich an alles, was mit dir zu tun hat."

Er hätte nicht sagen können, wer von beiden die Lücke zwischen ihnen geschlossen hatte, er wusste nur, dass nichts mehr zwischen ihnen lag. Keine Luft, kein Abstand, er spürte nur noch warme, weiche Lippen und die überwältigende Sehnsucht nach mehr.

Lieber Gott. Was hatte sie getan? Ein Feuer wie dieses sollte eigentlich nur in jungen, hormongesteuerten Teenagern brennen, nicht in Frauen ihres Alters und mit ihrer Erfahrung. Und nicht wegen eines Kusses.

Gil hatte die Hand an ihren Rücken gelegt und sie hatte seinen Hinterkopf umfasst, um einander noch näher zu sein. Den Kuss zu vertiefen. Alles fühlte sich in diesem Moment so richtig an. Die Hitze, die Wärme, sein Geschmack, seine Berührungen. Gil. Ihr Gil. Es war so … falsch.

Pam war mit einem Mal ernüchtert und löste sich abrupt von ihm. Nichts von alldem ergab Sinn. Sie waren nicht mehr zusammen. Sie hatten sich vor Jahren getrennt. Sie würden andere Personen heiraten. Und zwar bald.

Gil ließ die Arme hängen und trat einen Schritt zurück. Das Brennen in seinem Blick hätte sie fast dazu veranlasst, sich wieder auf ihn zu stürzen.

Sie schluckte schwer. Ich …"

„Ich …", sagte er im gleichen Moment.

„Wir …", setzten sie wieder zeitgleich an.

„Das darf nicht noch einmal passieren", sagte Pam schließlich.

Gil nickte.

„Ich habe Leo gesagt, dass ich mich vor dem Minigolf ausruhe. Ich will nicht, dass es am Ende eine Lüge war."

Wieder nickte Gil. „Ich gebe dir Bescheid, wenn ich erneut etwas höre."

Diesmal nickte sie. „Ich muss gehen." Bevor sie noch etwas Unüberlegtes tat und sich ihrem *Ehemann* vor die Füße warf und ihn anbettelte, dass er die Welt veränderte. Ihre Welt.

„Ich weiß nicht." Michelle lehnte sich auf dem kleinen Sofa zurück. „Für zwei Leute, die geglaubt haben, dass sie geschieden sind, verstehen sie sich ziemlich gut."

„Gut?" Das war nicht das Wort, das Angie verwendet hätte, um das Feuer zu beschreiben, das unter der Oberfläche brodelte, wenn Pam und ihr Ex zusammen waren.

„Hast du Nancys Kommentare gehört? Sie scheint es auch bemerkt zu haben."

„Ihr fällt es nur auf, wenn sie nüchtern ist."

„Ich bezweifele, dass es uns gelingt, sie dazu zu bringen, den ganzen Tag zu trinken."

Angies Lippen verzogen sich zu einem übertriebenen Grinsen. „Wir könnten es wenigstens versuchen."

„Lass uns das als Plan C betrachten."

„Was ist Plan A und B?"

„Daran arbeite ich noch." Michelle schüttelte den Kopf und rieb sich die Hände. „Ich wünschte, Pam würde sich beeilen. Ich würde gern wissen, was wir als Nächstes erwarten dürfen."

„Ach, du bist eine Optimistin." Angie erhob sich und schob ihre Kleidung in dem winzigen Wandschrank zurecht. „Sie sollte bald wieder hier ..."

In diesem Moment wurde die Tür geöffnet, und Pam trat ein. Als sie sah, dass ihre Freundinnen sie erwarteten, setzte sie ein fröhliches Lächeln auf und entspannte bewusst ihre Haltung. „Nun, die schlechte Nachricht ist, dass wir definitiv noch verheiratet sind."

„Meine Güte", murmelte Michelle.

„Die gute Nachricht ist, dass wir uns allem Anschein nach innerhalb von wenigen Stunden in Santo Domingo scheiden lassen können. Einen Tag vor St. Martin."

„Meine Güte", sagte nun Angie.

„Aber die noch bessere Nachricht ist ..."

„Die wollen wir unbedingt hören." Michelle rutschte auf die Kante des Sofas vor.

„Ich kann nicht dafür verurteilt werden, dass ich mit zwei Männern gleichzeitig verheiratet war."

Michelle sank auf dem Sofa zurück. „Nein. Nur für das nächste Mal, wenn die Scheidung nicht funktioniert."

„Pam." Angie setzte sich neben Michelle und verschränkte die Arme vor der Brust. „Heißt das, du wirst Leo erzählen, wer Gil ist?"

Pam schüttelte den Kopf. „Ich bin immer noch der Meinung, dass er nicht erfahren muss, dass es vor vielen Jahre ein kleines Problem mit der Scheidung gab. Wenn es gelöst ist, wird alles gut.“

„Und wenn das Problem weiter besteht?“

„Das wird es nicht.“

„Wer ist jetzt die Optimistin? Was sagt Gil eigentlich zu der ganzen Sache?“, fragte Michelle.

Als Pam errötete, wusste Angie, dass es definitiv etwas gab, das ihre Freundin ihnen verschwieg. „Spuck es aus.“

„Es gibt nichts zu erzählen.“

„Oh doch. Das sehe ich dir an. Du verschweigst uns etwas.“

Michelle stand auf, ging um ihre Freundin herum und betrachtete sie eingehend. „Ich rieche ein Herrenparfüm.“

„Es gibt viele Männer auf dem Schiff.“

„Deine Wangen sind rot.“

„Wir sind in der Karibik. Es ist heißt hier.“

„Wir haben eine Klimaanlage“, meldete sich nun Angie zu Wort.

Michelle ging noch einmal um sie herum und streckte ihre Hand aus, als suche sie nach forensischen Beweisen.

„Na schön.“ Pam wich vor ihrer Freundin zurück. „Wir haben uns geküsst.“

„Lieber Himmel.“ Michelle ließ sich auf einen Stuhl fallen. „Du bist immer noch in ihn verliebt.“

# KAPITEL 12

Pam stand im Hafen von Nassau und tat so, als würde sie ihren Ex-Mann nicht sehen. Am liebsten wäre es ihr gewesen, wenn Gil sich in der kommenden Woche in seiner Kabine verschanzt hätte. Aus den Augen aus dem Sinn.

Wem machte sie etwas vor? Sie wusste, dass es nicht so einfach war.

Was ihr zum Verhängnis wurde, war die Tatsache, dass Leo und Gil viel gemeinsam hatten. Da Gil nicht mit ihnen zu Abend gegessen und auch anschließend nichts mit ihnen getrunken hatte, war Leo zu Gils Kabine gegangen und hatte ihn überredet, sich zu ihnen zu gesellen.

Am Anfang war es nicht allzu schlimm gewesen, da die beiden Männer ein wenig abseits gesessen und über Geschäftliches gesprochen hatten. Doch am Ende des Abends hatte Leo Gil offiziell als einen von ihnen auserkoren. Leo war einfach viel zu nett. Und er war zu gut darin, andere Leute zu Dingen zu überreden. Pam wusste, dass es nichts brachte, mit einem Anwalt zu diskutieren, und Leo zählte zu den besten.

Nichts von alldem hätte ein Problem dargestellt, wenn Gil einfach einen Bierbauch gehabt hätte und griesgrämig geworden wäre – anstatt immer noch so ein guter Küsser zu sein. In diesen wenigen Sekunden an Deck hatte sie sich in die Vergangenheit zurückversetzt gefühlt. Die Gefühle und Erinnerungen hatten sie eingehüllt wie eine warme Dusche nach einem anstrengenden Tag. Selbst jetzt, einen Tag später, musste sie sich davon abhalten, nicht ständig ihre Lippen mit den Fingern zu berühren. Ob es war, um die Hitze einzudämmen, die die Erinnerung noch immer mit sich brachte, oder um die Empfindungen festzuhalten, wusste sie selbst nicht. Sie wusste nur, dass sie keine Gefühle für Gil haben konnte. Es war zu viel Zeit vergangen. So vieles hatte sich verändert.

Trotz der Behauptungen ihrer Freundinnen hatte sie Stein und Bein geschworen, dass sie nicht mehr in Gil Harris verliebt war. Das konnte nicht sein. Schließlich kannte sie den Mann, der er geworden war, nicht. Das bedeutete natürlich noch lange nicht, dass ihre Hormone nicht in Aufruhr sein konnten, wann immer er in ihrer Nähe war. Er hatte vermutlich genügend Pheromone, um die Hälfte der Frauen in der westlichen Hemisphäre anzulocken. Wenn Gil und sie zusammengeblieben wären, hätte sie wahrscheinlich all die Jahre damit verbracht, andere Verehrerinnen abzuwimmeln.

Und so wie es aussah, ob es ihr gefiel oder nicht, musste sie sich daran gewöhnen, ihre Reise mit ihrem ehemaligen Mann zu verbringen, der plötzlich auch ihr aktueller Mann war. Genau das, was sich jede Frau wünschte. Flitterwochen zu dritt.

Während Kirk und Leo mit den Kutschen-Taxifahrern verhandelten, wie viel sie für eine Fahrt über die Insel bezahlen sollten, bewunderte Pam die Waren von ein paar örtlichen Kunsthandwerkern und tat so, als würde es keine Rolle spielen, dass Gil neben ihr stand.

„Hast du die hier schon gesehen?" Gil deutete auf die glänzendste Muschel.

Sie war Pam auch schon aufgefallen. „Sehr hübsch."

„Dir gefallen immer noch glitzernde Sachen, was?"

Dass er sich noch an ihren Geschmack erinnerte, hätte ihr nicht so viel bedeuten sollen, doch das tat es. Sie unterdrückte das Lächeln, das sich auf ihrem Gesicht ausbreiten wollte, und nickte nur, da sie ihrer Stimme nicht vertraute.

Angie wandte sich von Leo und Kirk ab und betrachtete den handgefertigten Schmuck. „Ich hätte nicht gedacht, dass es so eine ernste Angelegenheit wäre, eine Inseltour zu organisieren." Angie, die die Entspannteste von allen war, hätte den Fahrern sofort das bezahlt, was sie forderten. Nicht dass sie zu viel Geld hatte, aber genauso wie Pam wusste sie, wie schwer es war, sich seinen Lebensunterhalt zu verdienen.

Nancy schaute sich halbherzig ein paar Schlüssel-anhänger und andere preiswerte Souvenirs an, während sie immer wieder zu Gil hinüberschaute, ehe sie sich schließlich an ihren Mann wandte. „Ich bin überrascht, dass du die Männer nicht unterstützt."

„Nein, mein großer Bruder kann gut auf sich selbst aufpassen." George drehte sich zu Gil um. „Fragst du mich, wäre das Mittagessen im *Señor Frog* schon genug Sightseeing gewesen. Wenn man eine Insel gesehen hat, hat man alle gesehen."

„Und das Gleiche gilt für Strandbars. Kennt man eine, kennt man alle", erwiderte Nancy. Ihre mürrische Seite kam wieder zum Vorschein.

Gil schmunzelte und zuckte mit den Schultern. Er wandte den Blick von den Waren ab, die Pam vorgab zu bewundern. Er fragte sich, ob sie den Tag vielleicht auch lieber woanders verbracht hätte.

„Okay. Wir haben die beiden Wagen." Strahlend gab Leo Pam einen schnellen Kuss auf die Wange. „Wir vier fahren in einem." Er schloss mit einer Geste Angie, Gil, sich selbst und Pam ein. „Und ihr vier", er deutete zu seinem Bruder, Kirk und deren Frauen,

„nehmt den anderen. Sollten wir uns aus irgendeinem Grund verlieren, treffen wir uns im *Frog* zum Mittagessen.“

Pam traute sich nur zu lächeln und sich in Bewegung zu setzen. Gil war ihr einfach zu nahe, als dass sie hätte ruhig bleiben können. Als sie am ersten Taxi ankam, trat Angie vor die letzte Sitzreihe und wollte einsteigen.

„Warte.“ Leo eilte herbei, um ihr die Hand zu reichen. „Ich helfe dir.“

„Danke, Leo. Du bist immer ganz der Gentleman, aber ich glaube, ich schaffe das.“

Leo nickte, aber hielt weiter ihre Hand.

Pam, die unbedingt Platz nehmen und an ihrem neuen Motto „Aus den Augen aus dem Sinn“ arbeiten wollte, packte den Metallhaken, zog sich hoch, doch rutschte ab und fiel nach hinten.

„Hey.“ Gil sprang nach vorn und hielt sie an der Taille fest. „Alles klar?“

Pam nickte. „Ich bin einfach nur tollpatschig“, hauchte sie. Dieser Mann machte sie viel zu nervös.

Gil hielt sie eine Sekunde länger, als es notwendig gewesen wäre, aber schließlich gelang es ihr, sich hochzuziehen, und er trat zurück und wartete, bis sie sich hingesetzt hatte.

„Danke.“ Leo stieg vor ihm ein. „Wertvolle Fracht.“

Gil nickte und nahm neben Angie Platz.

Nach einer kurzen Strecke hielt der Fahrer an der Queens Staircase an und schlug vor, dass sie die sechsundsechzig Stufen zu einer alten Festung hinaufgingen, wo er sie abholen würde.

Pam kam als Erste oben an. Als sie sich umdrehte, bemerkte sie, dass Gil nur ein paar Schritte hinter ihr war.

Leo war stehen geblieben, um Fotos zu machen;

Angie wartete hinter ihm.

„Er scheint mir ein richtig netter Kerl zu sein." Gil verlagerte sein Gewicht von einem Fuß auf den anderen und schaute zu ihrem Verlobten hinunter.

„Ja, das ist er." Zu nett, um eine Verlobte zu verdienen, die schon einen Mann hat.

Gil drehte sich langsam um und atmete tief durch. „Ich sollte so was wirklich öfter machen."

Pam lachte. „Ehefrauen hinterherreisen?"

Er hob einen Mundwinkel. „Mir eine Auszeit nehmen. Die frische Luft genießen."

„Du arbeitest zu viel, oder?"

Er zuckte mit den Schultern. „Ich weiß nicht, ob ich zu viel arbeite …"

Etwas in seinen Augen erinnerte sie an Kirk, als er in der Zeitungsredaktion aufgetaucht war. Ein Mann, der nur seine Karriere im Kopf hatte. Sie verschränkte die Arme vor der Brust und lehnte sich an die alte Mauer. „Wirklich nicht?"

Sein Lächeln wurde breiter. „Okay, vielleicht arbeite ich ein bisschen zu viel."

Seine Augen, die vor Belustigung funkelten, gehörten zu den vielen Dingen, die sie einst an diesem Man geliebt hatte. Doch das spielte nun keine Rolle mehr. „Das ist nicht gut für dich."

„Nein." Seine Miene wurde ernst, und Leo erreichte nun auch den oberen Treppenabsatz, ehe sie etwas erwidern konnte.

Es dauerte nicht lange, bis sie sich die Festung angesehen hatten. Als das Taxi sie wieder abholte, wollte sie einerseits mehr über den Mann erfahren, zu dem Gil geworden war, aber andererseits hatte sie es eilig, zurück zum Schiff zu gelangen, um alte Erinnerungen zu verdrängen.

Als Nächstes spazierten sie durch den kleinen Ort mit seinen Touristenläden und kamen schließlich in eine Wohngegend mit bunten Häusern. Der Fahrer erzählte ihnen alles über die Geschichte und die Bedeutung der unterschiedlichen Gebäude.

So sehr sie sich auch bemühte, sich zu konzentrieren, ihre Gedanken wanderten immer wieder zu seinen funkelnden Augen, obwohl sie versuchte, sich einzureden, dass Gil der Vergangenheit angehörte.

Angie, die es liebte, Leute zu beobachten, schien die Tour am meisten zu genießen. „Wo kommen diese beiden wohl her?" Sie deutete auf ein älteres Paar. Der Mann war in Shorts, weiße Socken und braune Sandalen gekleidet, die Frau trug ein buntes Blumenkleid und einen Strohhut mit einem breiten blauen Band. Gefehlt hätte nur noch Plastikobst, dann hätte der Hut genauso ausgesehen wie die Haube des Pferdes vor ihnen.

„Ich würde sagen, aus Florida." Pam zwang sich zu einem Lächeln. Über Touristen zu reden, war zumindest ein unverfängliches Thema. „Die typischen Menschen, die den Winter im Süden verbringen."

„Und die dort drüben, die einander an der Hand halten?" Angie deutete auf ein jüngeres Paar. „Die sind bestimmt in den Flitterwochen."

Pam nickte. „Oder sie sind zum ersten Mal nach langer Zeit ohne Kinder im Urlaub."

„Vielleicht." Angie nickte.

„Ich glaube, Pam hat recht", meldete sich Gil zu Wort.

Angie schmunzelte. „Warum?"

„Nur mein Eindruck. Wenn sie in den Flitterwochen wären, würden sie enger nebeneinander hergehen und sich öfter berühren. Außerdem hat sie sich hin- und hergewiegt, als sie gerade vor dem Schaufenster stehen geblieben sind."

„Ergibt Sinn." Leo nickte.

„Was habe ich verpasst?" Angie rutschte auf die

Kante der Sitzbank.

„Die zweiten Flitterwochen", erklärte Gil. „Das Kind ist wahrscheinlich noch klein, und die Mutter ist es gewohnt, das Baby zu halten und zu wiegen."

Angie lehnte sich mit offenem Mund zurück und schaute Gil an. „Hast du Kinder?"

„Nein."

Pam schaute sich um und fing kurz Gils Blick auf. Sie hatte noch keine Chance gehabt, richtig mit ihm zu reden. Ihn nach seinem Leben zu fragen.

„Aber", fuhr er fort, „ich habe zwei Schwestern, die das Gleiche gemacht haben."

„Ich habe zwei erwachsene Söhne. Meine erste Frau ist gestorben, nachdem der jüngere seinen College-Abschluss gemacht hat." Leo drehte sich zu Gil um. „Warst du schon mal verheiratet?"

Pam verspannte sich und festigte den Griff um das Schulterband ihrer Handtasche.

„Einmal", antwortete Gil. „Jugendlicher Leichtsinn."

Pam schloss die Augen und atmete tief durch. Leichtsinn. Die Sache mit ihr war für ihn nur Leichtsinn.

„Warum hat es denn so lange gedauert, bis ein cleverer junger Mann wie du die Richtige gefunden hat?"

Obwohl Pam spürte, dass sich Gils Blick in ihren Rücken bohrte, drehte sie sich nicht zu ihm um.

„Das frage ich mich in letzter Zeit auch öfter."

„Oh, schaut mal." Angie unterbrach das Gespräch mit leicht schriller Stimme und etwas mehr Begeisterung und Dringlichkeit, als notwendig gewesen wäre. „Wir sind wieder am Hafen. Zeit für das Mittagessen."

Sie würde einigen Leuten eine Menge schuldig sein, wenn diese Reise vorbei war. Falls sie sie überlebte.

„Was machst du eigentlich genau?", fragte Nancy Gil.

„Das hat er dir doch schon erklärt, Schatz", erwiderte ihr Mann George. „Er ist Investitionsmakler."

Gil nahm einen Schluck von seinem Bier und überlegte, wohin er sich wenden sollte. Die Leute stellten heute viele Fragen, und er wollte nicht in Pams Richtung schauen. Jedes Mal, wenn er das tat, kam eine neue Erinnerung an die Oberfläche. Er fühlte sich wie der Überlebende eines Schiffsuntergangs, umgeben von Treibgut und auf der Suche nach einem Rettungsboot.

„Ach ja." Nancy nahm einen Bissen von den Nachos, aber wandte den Blick nicht von Gil ab. „Das hast du tatsächlich."

Er wünschte sich, sie wäre nicht so verdammt interessiert an ihm. Dass sie ihn seit gestern Abend so anstarrte, löste Unbehagen in ihm aus, und das konnte nichts Gutes bedeuten.

„Diese Guacamole ist köstlich." Angie aß mehr von dem grünen Dip. „Meint ihr, die kann man mitnehmen?"

„Ich glaube nicht, dass wir Essen mit an Bord bringen dürfen." Leo nahm sich noch einen Chicken Wing. „Hygienevorschriften."

„Hm." Nancy schaute sich um. „Hier wirkt alles ziemlich sauber."

Alle am Tisch lachten, und nun unterhielten sie sich über andere Themen, zum Beispiel, was sie am Nachmittag tun wollten.

Nancy war eine richtige Sonnenanbeterin geworden.

Gil vermutete allerdings, dass es eher die Drinks waren als die Sonne, die sie interessierten. Er war normalerweise kein Freund von hohem Alkoholkonsum, aber je mehr sie trank, desto weniger Interesse zeigte sie an ihm, was ihm nur recht war.

George wollte immer noch zum Bingo, und Leo wollte Poker spielen.

Als sie das Thema wieder wechselten, unterhielten sie sich über ihre Pläne für den kommenden Tag und was sie auf der nächsten Insel tun könnten.

Gil versuchte, eine Ausrede zu finden. „Ich bin mir sicher, ihr werdet eine Menge Spaß haben, aber ich muss leider arbeiten."

„Hm." Nancy wirkte nachdenklich.

„Das Schiff bietet eine Kirchentour an, das würde mich interessieren." Angie nahm sich noch einen Nacho. „Hat sonst jemand Lust?"

Leo holte sein Handy hervor. „Du kannst wahrscheinlich eine preiswertere örtliche Tour buchen."

„Ja." Kirk wandte sich Leo zu. „Aber wenn etwas passiert, wenn der Wagen zum Beispiel liegen bleibt, besteht die Gefahr, dass sie das Schiff verpasst. Wenn sie an einer Tour teilnimmt, die offiziell vom Schiff organisiert wurde, wartet man auf alle Passagiere, ganz egal, wie spät sie kommen oder was der Grund dafür ist."

„Es sei denn, man hätte sein Kind vergessen." Michelle lachte, und alle schaute sie an.

„Passiert so was wirklich?"

Michelle nickte. „Auf meiner ersten Kreuzfahrt. Wir waren gerade alle wieder an Bord und das Schiffshorn ertönte. Doch zwanzig Minuten später haben wir abrupt angehalten. Alle haben darüber spekuliert, was vor sich geht. Man hat sich die absurdesten Geschichten ausgedacht, von medizinischen Notfällen bis hin zu einem Piratenangriff."

„In der Karibik?", fragte Nancy.

Gil war sich ziemlich sicher, dass ihr Mann etwas über *Pirates of the Caribbean* murmelte, aber die anderen am Tisch schwiegen.

„Irgendwann hat der Kapitän eine Durchsage gemacht", fuhr Michelle fort, „und hat erklärt, dass sie einen Anruf von ihrem Schwesternschiff bekommen haben. Ein Paar war vergessen worden. Er hat erklärt, dass er normalerweise das Schiff nicht anhalten würde, aber er wollte das Paar nicht zurücklassen, weil die zehnjährige Tochter an Bord war."

„Liebe Güte", murmelte jemand.

Angie hört abrupt auf zu kauen. „Wie ist das denn passiert?"

„Das Kind wollte eine andere Tour machen als die Eltern", erwiderte Kirk. „Eine andere Familie hatte angeboten, die Tochter mitzunehmen.

„Und die Moral von der Geschichte", fuhr Michelle fort, „man sollte die offiziellen Schiffstouren buchen."

Alle lachten, und Leo hob sein Glas in Richtung seiner Verlobten. „Das merken wir uns."

Auch Gil hob sein Glas und fragte sich, wie es geschehen konnte, dass sie sich alle plötzlich so nahestanden. Wie zur Hölle sollten sich Pal und er einen ganzen Tag lang aus dem Staub machen, wenn sie in Hispaniola ankamen? Und wie sollte sie es ihrem Verlobten beibringen, falls sie das Schiff verpasste?

# KAPITEL 13

In den letzten Tagen war es Gil gelungen, ein bisschen weniger Zeit mit der Gruppe zu verbringen. Doch aus allem konnte er sich nicht rausziehen, und so beschloss er, am privaten Inselhafen der Kreuzfahrtgesellschaft von Bord zu gehen. Ein kleiner Strand mit ein paar tausend Leuten war wahrscheinlich die sicherste Umgebung, wenn er in Pams Nähe sein wollte.

Als der Tender zum Stehen kam, dauerte es nicht lange, bis alle ausgestiegen waren.

Leo und Pam gingen voran.

Gil blieb zurück.

„Bist du dir sicher, dass du nicht mitwillst?", fragte Kirk.

„Diesmal nicht, danke." Da er die meiste Zeit seines Lebens nicht an der Küste gewohnt hatte, hatte er noch nie Parasailing ausprobiert. Auch wenn ihm der Gedanke gefiel, hatte er doch zu viel Angst, dass etwas passierte. Die Sorge, in der Notaufnahme in Santo Domingo zu landen, statt morgen im Gerichtssaal, hielt ihn von dem Abenteuer ab. Er würde jedoch Karen überreden, in Zukunft mehr zu reisen.

Gleich nach seinem Schulabschluss hatte er seine abenteuerliche Seite verdrängt, aber nach einer Woche auf dem Schiff war ihm klar geworden, dass er sich definitiv mehr Zeit nehmen musste, um das Leben zu genießen.

„Wie du meinst." Kirk drückte die Schulter seiner Frau, und ein paar Minuten später waren sie auf einem kleinen Boot und zogen sich die Ausrüstung an.

„Das wäre mir viel zu abenteuerlich." Pam blickte zu den beiden hinüber. „Ich liebe die beiden, aber oft ist das, was sie tun, viel zu riskant für meinen Geschmack."

Gil lachte. „Es scheint sie aber glücklich zu machen."

„Sie sind sehr glücklich. Gegensätze ziehen sich wohl tatsächlich an."

„Wie meinst du das?"

„Michelle war immer zurückhaltend und brav."

„Wirklich?" Er schaute sich zu der Frau in dem hübschen Bikini um, die mit dem Mann an ihrer Seite lachte und scherzte. „Das kann ich mir nur schwer vorstellen. Das heißt, Kirk war …"

„Voller Energie. Der Typ sah aus, als würde er auf das Cover der GQ gehören."

„Und er hat sich in die zurückhaltende Frau verliebt." Bei ihm und Pam war es andersherum gewesen.

Sie war das Mädchen gewesen, die für jeden Spaß zu haben gewesen war. Er war der ruhige Streber gewesen, der sich bemühte, ihre Aufmerksamkeit zu wecken. Daraufhin hatte er viele neue Seiten an sich entdeckt. Er war gut im Baseball geworden, konnte schnell rennen und war auch großem Druck gewachsen. Es hatte nicht lange gedauert, bis die Talentsucher der Colleges bei ihm vor der Tür gestanden hatten. Dank Pam hatte er es geschafft, Porterville hinter sich zu lassen.

Leo trat hinter sie. „Der Tauchkurs ist fast ausverkauft. Ich hab die letzten drei Plätze ergattert."

„Drei?", fragte Pam. „Ich dachte, du und Angie wärt die Einzigen, die es ausprobieren wollen."

Zum ersten Mal wirkte Leo traurig auf Gil. Er

schaute zum Wasser und wieder zurück. „Ich dachte, du würdest deine Meinung ändern, wenn wir erst einmal am Strand sind."

Gil hustete, um ein Lachen zu verbergen. „Wohl kaum."

Pam wirbelte zu ihm herum und funkelte ihn wütend an.

„Sorry." Er hob entschuldigend eine Schulter. „Aber du hast schon immer einen gewissen Sicherheitsabstand zu Wasser gewahrt. Ich kann mir dich nicht mal an der Oberfläche vorstellen, geschweige denn darunter."

Erst als Angie nervös von Gil zu Leo schaute, dessen Blick plötzlich wachsam war, fiel Gil auf, dass er zu viel preisgegeben hatte. Konnte er so viel über sie wissen, wenn sie nur *alte Freunde* waren?

Pam stemmte die Hände in die Hüften und wandte sich Leo zu. „Ich sehe keinen Grund, einen perfekten Urlaub zu ruinieren, indem ich ertrinke."

Leo zögerte einen Moment zu lange, bevor er seine Gedanken hinter einem breiten Lächeln verbarg. „Du wirst nicht ertrinken."

„Vielleicht willst du ja mit Nancy und George auf dem Boot mit dem Glasboden mitfahren." Angie lenkte die Aufmerksamkeit auf Leos Nichte und Neffen. „Vielleicht möchte einer von euch tauchen?"

Brent schüttelte den Kopf. „Wir fahren Kajak."

„Oh nein." Emily hob abwehrend die Hände und schüttelte den Kopf. „Mit meinem Bruder Kajak zu fahren, ist das Letzte, was ich tun will. Er wird das Boot umkippen und es witzig finden."

„Nein, das werde ich nicht tun." Brent lachte.

Gil konnte Emilys Befürchtungen nachempfinden. Dem Leuchten in Brents Augen nach zu urteilen, würde er es überaus witzig finden, wenn seine Schwester im Wasser landete.

„Vielleicht kann ich mit Brent Kajak fahren." Gil klopfte Brent auf die Schulter. Er hätte nichts dagegen, sich mit dem jungen Mann noch ein wenig mehr über seine Zukunftspläne zu unterhalten.

„Und ich suche mir ein schattiges Plätzchen unter einem Baum." Pam deutete zur Küste.

Leo trat näher heran, und Gil hatte den Eindruck, als würde er ihn für einen Moment mustern. „Ich lasse dich nicht gern allein."

„Allein?" Pam lachte und schüttelte den Kopf. „Allein mit zweitausend Menschen? Ich komme schon zurecht."

„Ich weiß nicht." Leo presste die Lippen zusammen.

Gil wusste, wie sehr sich Leo und Angie auf diesen Tagesausflug gefreut hatten. Vom Schiff wurden auch Kurse angeboten, aber Leo war der Ansicht, dass er das Gleiche in jedem Schwimmbad in jeder Stadt tun könnte. Er wollte unbedingt auf einer Insel tauchen.

Zuerst schien Angie kein großes Interesse gehabt zu haben, aber heute Morgen war sie plötzlich genauso begeistert gewesen wie Leo.

Gil hätte sich mit Schnorcheln zufriedengegeben.

„Geh ruhig." Pam legte Leo eine Hand auf den Unterarm. „Viel Spaß. Ich warte hier auf dich."

Zögerlich willigte Leo ein und ging mit einer jungen Dame an jeder Seite davon.

„Ich schaue mal, wo die Kajaks sind. Bin gleich wieder da." Brent setzte sich in Bewegung, ehe Gil etwas erwidern konnte.

„Es hätte schlimmer sein können", sagte Pam und sah ihren Freunden nach, die in der Ferne verschwanden.

„Wie hätte es denn noch schlimmer werden können?"

„Er hätte sich für die Seilrutsche entscheiden können."

Gil brach in Gelächter aus. „Das klingt schon eher wie meine abenteuerlustige Pam. Ich kann mir gut vorstellen, wie du am Strand entlangfliegst. "

Pam hob eine Augenbraue und drehte sich zu ihm um. „Ernsthaft? Du kannst dir vorstellen, dass ich mich in einen Gurt zwänge, mir einen Helm aufsetze und …"

„Okay." Gil hob eine Hand und lächelte. „Was hab ich mir nur gedacht?"

„Du hast es begriffen." Pam nickte und lächelte schief.

Ihr Mund wirkte so verlockend. Er trat einen Schritt nach hinten und erwiderte ihr Lächeln. „Nun, und wenn es ein Glitzerhelm wäre?"

Pam grinste. „Vielleicht."

Der Drang, seine Lippen auf ihre zu drücken, ließ ihn beinahe vergessen, wer sie waren und warum sie nach all diesen Jahren zusammen hier waren. „Lass uns einen Liegestuhl suchen, bevor alle guten Plätze weg sind."

„Aber Brent …"

„Wird mich schon finden." Er legte ihr eine Hand auf den Rücken, um sie sanft vorwärtszuschieben, bereute die Berührung jedoch sofort, als sein Körper zu prickeln begann. Er hatte gedacht, das Knistern zwischen ihnen wäre ihrem jugendlichen Alter zuzuschreiben gewesen. Der Grund dafür, weshalb keine andere Frau nach ihr jemals wieder solche Empfindungen in ihm ausgelöst hatte. Doch diese Theorie hatte er schon bezweifelt, als er Pam zum ersten Mal wiedergesehen hatte. Und die Illusion war gänzlich zerschmettert worden, als er Pam geküsst hatte, denn anschließend war er vollkommen verwirrt gewesen.

Als Pam angesichts seiner Berührung leise die Luft einzog, fragte er sich, ob sie genauso empfand wie er. Sie blieb im Sand stehen und hielt Ausschau nach dem besten Platz. „Dort drüben." Sie deutete auf eine Gruppe Touristen und sah dabei aus wie die Skulptur eines Meisterkünstlers.

„Okay." Was er jetzt brauchte, war Abstand, wenn er sich nicht vollkommen blamieren wollte. „Geh schon mal vor, ich hole ein paar Handtücher vom Kiosk."

„Und ich halte die Augen offen, damit ich Brent nicht verpasse."

„Abgemacht." Er ging zurück zum Handtuchverleih des Schiffes. Dabei atmete er tief durch und schaute sich um, um sich abzulenken. Das Kreuzfahrtunternehmen hatte sich einen hübschen privaten Strand ausgesucht. An der Promenade sah man Läden, Händler, Tourangebote und – die Hauptattraktion – ein riesiges Grillbüfett, das gerade aufgebaut wurde. Der Duft von Rippchen half ihm dabei, seinen anderen Hunger zu vergessen.

Mit zwei Handtüchern unter dem Arm bahnte er sich seinen Weg zurück zu Pam. „Hier."

Die große Palme, unter der sie es sich bequem gemacht hatte, spendete genügend Schatten für mehrere Liegestühle.

„Danke." Pam streckte die Hand aus, und Gil brauchte ein paar Sekunden, bis ihm wieder einfiel, was er tat. Sie hatte die bunte Tunika abgelegt und trug darunter einen neonpinken Bikini.

Bei dem Anblick wurde sein Mund trocken, und er schnappte nach Luft. Er verlor eindeutig den Verstand. „Brauchst du sonst noch irgendwas?"

„Nein danke." Sie schenkte ihm ein kurzes Lächeln, griff in ihre Tasche und holte eine riesige Flasche Sonnencreme hervor. „Selbst im Schatten muss ich vorsichtig sein."

„Ich erinnere mich." Es hatte sie stets geärgert, dass sie nicht sorglos einen Tag am See verbringen oder auf der Tribüne sitzen konnte, um seine Spiele zu verfolgen wie alle anderen. Sie hatte auf schmerzhafte Weise gelernt, dass sie es sich nicht leisten konnte, auch nur eine Stelle auszulassen, wenn sie sich eincremte. „Lass mich dir helfen."

„Es geht schon."

Er legte den Kopf schief, verdrehte die Augen und wartete darauf, dass ihr bewusst wurde, dass sie es trotz ihrer Gelenkigkeit nicht allein schaffen würde.

„Nur meine Schultern vielleicht."

Er nickte und nahm ihr die Flasche ab. Als er gerade ein wenig Creme rausdrücken wollte, erinnerte er sich an das letzte Mal, als er das getan hatte. Angesichts der Kälte war sie aufgesprungen, hatte ihm die Flasche aus der Hand gerissen und stattdessen mit der Sonnencreme auf ihn gezielt. Sie hatten einen scherzhaften Kampf ausgetragen und waren schließlich lachend und ineinander verschlungen zu Boden gegangen. Das war sehr, sehr lange her.

„Hallo? Bist du noch da?"

„Sorry." Er drückte Creme aus der Flasche in seine Hand und verteilte die angewärmte Lotion dann gleichmäßig auf ihren Schultern. Sie fühlte sich immer noch gut an.

Ein Räuspern ließ ihn aufschrecken. Als er sich umdrehte, sah er, dass Brent hinter ihm stand.

Gil schloss die Cremeflasche und reichte sie Pam zurück. „So, nun solltest du geschützt sein."

„Danke."

„Jederzeit gern." Das hätte er wahrscheinlich nicht sagen sollen, aber er meinte es aufrichtig.

„Meine Güte."

Die Stimme ließ Pam aus dem Schlaf schrecken.

„Oh Pam, Schatz." Die besorgte Stimme gehörte Leo.

Sie öffnete die Augen und musste sie sofort wieder zusammenkneifen, da die Sonne sie blendete.

„Wie lange hast du geschlafen?"

„Nicht lange."

„Oh nein." Diese Stimme gehörte Angie.

„Autsch." Und die unbekannte Stimme musste Emily gehören.

Pam richtete sich auf und ächzte angesichts des Schmerzes an ihrem Bauch und an ihrem Dekolleté, als sie sich drehte, um Leo anzusehen. „Oh nein."

„Oh doch." Angie seufzte. „Du hast dich nicht mit der Sonne mitbewegt."

„Ach was", murmelte sie. Sie erinnerte sich, dass sie ihr Buch gelesen und bemerkt hatte, dass der Schatten kaum noch über ihr war, und sie gedacht hatte, dass sie sich bald umsetzen musste. Doch das hatte sie offensichtlich nicht getan.

Leo trat vor, um ihren Arm zu berühren, doch überlegte es sich anders und ließ seine Hand wieder sinken. „Du brauchst Hilfe."

„Nein. Ich habe es schon mal erlebt und weiß, was zu tun ist. Ich habe Aloe Vera dabei. Ich glaube, ich lasse das Mittagessen ausfallen, gehe kalt duschen und creme mich mit der Lotion ein."

„Ich weiß nicht recht." Leo schüttelte den Kopf. „Du bist rot wie eine Tomate."

*Ach was,* lag ihr schon wieder auf der Zunge, aber es brachte nichts, schnippisch zu werden. Schließlich war es nicht Leos Schuld, dass sie in der Sonne eingeschlafen war und sich verbrannt hatte. „Das wird schon wieder."

„Wenn du meinst. Aber ich bringe dich zu deinem Zimmer."

Pam nickte und griff nach ihrer Strandtasche.

„Die trage ich." Angie nahm die Tasche aus dem Sand, bevor Pam sie zu fassen bekam.

Sich zu bücken und ihre Haut zu dehnen, war derzeit keine gute Idee. „Danke."

„Ich rieche Essen", rief George, der sich näherte und erst nach einigen Schritten bemerkte, wie rot Pam war. „Lieber Himmel."

„Ach, Liebes", fügte Nancy hinzu.

„Ich bringe sie zurück zum Schiff." Leo schenkte seiner Familie keine Beachtung und lief einfach weiter.

„Das ist eine gute Idee." Nancy nickte. „Wir sehen später nach dir."

Pam winkte, wobei sie sich bemühte, sich so wenig wie möglich zu bewegen. Es war überaus ungünstig, dass ihr das zwei Tage vor ihrer Hochzeit und einen Tag vor ihrer Scheidung passiert war.

# KAPITEL 14

„Nicht schlecht für einen alten Mann.“

„Nicht schlecht für ein Kind“, konterte Gil. Die Kajakfahrt hatte Spaß gemacht, und danach hatte Brent Gil zu einem Surfwettbewerb herausgefordert. Zu seinem Glück war niemand, der ihn kannte und hätte filmen können, in der Nähe gewesen.

„Ich hoffe, es gibt noch was von dem Grillbüfett. Ich bin total ausgehungert.“

„Ich bin mir sicher, es gibt mehr als genug, aber ich bezweifele, dass die anderen auf uns gewartet haben.“ Gil folgte dem Duft von gegrilltem Rindfleisch und schaute in die Richtung, wo Pam vorhin gelegen hatte.

„Schau mal.“ Brent deutete nach vorn. „Meine Eltern sind dort drüben.“

Nancy winkte sie herbei. „Nehmt euch einen Teller“, sagte sie, als sie in Hörweite waren. „Es ist noch genügend da.“

Gil folgte Brent. „Verreist ihr oft alle zusammen?“

„Nein. Mom hat beschlossen, dass wir mehr Zeit zusammen als Familie brauchen.“

„Wer hat Mist gebaut?“, fragte Gil halb scherzhaft, halb ernst.

Brent belud seinen Teller mit Rippchen und zuckte mit den Schultern. „Ich.“

Gil sehnte sich nach den Zeiten zurück, als er beim Essen genauso hatte zuschlagen können wie Brent.

„Wie schlimm war es?"

„Für mich war es überhaupt nicht schlimm, aber für meine Mutter war es der Weltuntergang."

So wie Brent bisher über seine Zukunftspläne gesprochen hatte, ging Gil davon aus, dass er keine Haftstrafe oder dergleichen antreten musste. „Geht es um ein Mädchen?"

Brent nickte und lud sich Kartoffelsalat auf den ohnehin schon vollen Teller.

„Willst du mir davon erzählen?" Gil verzichtete auf den Kartoffelsalat und nahm sich stattdessen Mac and Cheese. Auch viele Kohlehydrate, aber leckerer.

„Sie ist toll." Brents Gesicht erhellte sich. „Schlau, sexy, lebenslustig. Sie bringt meine beste Seite zum Vorschein."

„Aber …"

„Sie ist Kellnerin."

Und George und Nancy waren definitiv gebildet.

„Und was jetzt?"

„Nichts."

„Bist du bereit, sie aufzugeben?"

„Auf keinen Fall." Brent schaute ihn verärgert an. „Ich bin nicht zwölf. Meine Mutter kann nicht entscheiden, mit wem ich befreundet bin. Oder verheiratet."

„Verheiratet?" Brent kam ihm noch so jung vor. „Wollt ihr nach deinem Abschluss heiraten?"

Brent schwieg, und nur sein Kiefermuskel zuckte. Obwohl er gerade im Begriff gewesen war, sich von den gebackenen Bohnen zu nehmen, schien irgendetwas, das Gil gesagt hatte, ihm den Appetit verdorben zu haben, denn er legte den Löffel wieder ab.

Und mit einem Mal wurde Gil alles klar. „Ihr seid schon verheiratet."

Brent wirbelte zu ihm herum. „Das hab ich nicht gesagt."

„War auch nicht nötig. Und deine Eltern wissen nichts davon. Jetzt musst du dich also entscheiden?"

„Es ist nicht so, wie du denkst. Wir mussten nicht heiraten."

„Das habe ich auch nicht behauptet."

„Nein. Aber das war das Erste, was Emily gesagt hat, als ich ihr davon erzählt habe."

„Dann weiß es deine Schwester, aber nicht deine Eltern?"

„Sie wird mich nicht verraten. Am Ende des Jahres werde ich einen guten Job haben und kann es meiner Mutter erzählen. Aber nicht solange sie meine College-Ausbildung bezahlt."

Manche Dinge änderten sich nie. „Ihr hättet bis nach dem Abschluss warten können."

„Warum?"

Gil schaute ihn an.

Die beiden Männer standen mit vollen Tellern neben dem Büfett und machten keine Anstalten, sich zu bewegen.

Gil wusste nicht, wie er diese Frage beantworten sollte. Er selbst hatte auch nicht bis nach dem College gewartet, um zu heiraten. Aber er konnte seine Frau nicht so einfach vor dem Baseball-Team verheimlichen, und auch nicht vor dem Stipendienkomitee.

„Es wäre vielleicht einfacher gewesen."

„Wer sagt, dass das Leben einfach sein soll?"

„Wie alt bist du noch mal?"

Brent lachte. „Einundzwanzig. Und ich bin definitiv bei klarem Verstand. Wir sind verliebt. Wenn ich sie genug liebe, um mit ihr zu leben, dann liebe ich sie auch genug, um sie zu heiraten. Und wenn ich sie nicht genug liebe, um sie zu heiraten, dann sollte ich auch nicht mit ihr leben wollen."

„Und du liebst sie genug." Es war keine Frage.

Sein Gesicht erhellte sich. „Ich kann mir keinen

einzigen Tag ohne sie in meinem Leben vorstellen. Es mag übertrieben oder schnulzig klingen, aber es stimmt. Ganz egal, wie mein Tag ist, ich will ihn immer mit ihr ausklingen lassen. Ich werde sie nicht aufgeben."

„Selbst wenn es deine Mutter rausfinden und dir den Geldhahn zudrehen würde?"

Brent straffte die Schultern. „Ich wäre kein guter Ehemann, wenn ich bei der ersten Komplikation davonlaufen würde, oder? Wär übrigens cool, wenn die Sache unter uns bleibt."

Gil nickte und blieb noch eine Sekunde stehen, ehe er dem jungen Mann folgte. Wie anders wäre sein Leben verlaufen, hätte er genügend Rückgrat gehabt, sich für Pam statt für das Stipendium zu entscheiden?

„Nun, zumindest ist damit das Problem mit morgen gelöst." Angie hängte ihren nassen Bikini in der Dusche auf.

„Inwiefern?" Pam lag flach auf dem Rücken und hatte über nichts anderes nachgedacht, als wie sie Leo davon abhalten konnte, sich pausenlos um sie zu kümmern.

„Heute beim Abendessen werden Kirk, Michelle und ich Leo überreden, uns auf den Tagesausflug zu begleiten, statt die Tour mitzumachen, von der er gesprochen hat."

„Alles klar." Pam seufzte. „Und ich muss mir nur überlegen ..." Als es ihr auf einmal klar wurde, setzte sie sich auf und ignorierte die Schmerzen. „Und jetzt habe ich eine gute Ausrede, um nicht mitzukommen."

„Genau."

„Es könnte knapp werden. Schließlich muss ich vor

allen anderen wieder hier sein. Vielleicht müsst ihr Leo noch ein wenig aufhalten, falls wir uns verspäten, aber ich glaube, es kann funktionieren."

„Besonders weil du behauptet hast, die beste Medizin seien Ruhe und ein kühles Laken."

„Was leider auch stimmt. Kleidung tut weh." Selbst die Nähte ihres T-Shirts kratzten an ihren Schultern.

Ein leises Klopfen an der Tür unterbrach ihre Unterhaltung.

Pam stand auf und unterdrückte angesichts des Schmerzes ein Ächzen. „Wenn das schon wieder Leo ist, werfe ich ihn über Bord."

„Das sind ziemlich harte Worte von einer Frau, die immer wieder Männer wie ihren ersten Mann heiratet."

Pam blieb auf dem Weg zur Tür stehen und drehte sich um. „Was?"

„Denk mal drüber nach. Was war dein letzter Mann?"

„Ingenieur."

„Und er war außerdem stark, schlau, ehrgeizig ..." Angie zählte mit den Fingern die Eigenschaften auf.

„Beeil dich und komm zum Punkt."

„Leo ist all das. Er ist stark, schlau und ein ehrgeiziger Anwalt."

Pam schüttelte den Kopf und setzte ihren Weg zur Tür fort.

„Und Gil hat auch all diese Eigenschaften. Sieht aus, als wären alle anderen nur ein billiger Abklatsch deines ersten Mannes gewesen."

Pam ging auf diese absurde Bemerkung nicht ein, biss die Zähne zusammen, bereit, ihrem schlauen und ehrgeizigen Verlobten einen Vortrag darüber zu halten, dass sie Ruhe brauchte. „Ich habe dir doch gesagt, alles, was ich brauche ..."

Gil stand ihr gegenüber. „Ist das hier?", beendete er ihren Satz. Er hielt einen großen blauen Tiegel in der Hand.

Pam betrachtete den Tiegel mit zusammengekniffenen Augen, um das Etikett zu lesen, und stammelte eine Entschuldigung. „Ich dachte, du wärst ... Tut mir leid. Was ist das?"

„George und Nancy haben uns von deinem Sonnenbrand erzählt, als wir vom Büfett wiedergekommen sind." Er hielt den Tiegel hoch. „Es ist MassageCreme. Ich musste versprechen, dass ich dir und Leo eine Partnermassage buche, sobald es dir besser geht, und dann musste ich schwören, dass ich niemandem davon erzählen würde, dass mir die Managerin des Spas die Creme verkauft hat, während wir noch anliegen."

Pam starrte auf die Creme. Vielleicht war ihr erster starker, ehrgeiziger Ehemann auch ein wenig durchgedreht.

„Hör auf, mich so anzusehen. Die hilft besser als Aloe Vera gegen Sonnenbrand. Sie schließt Feuchtigkeit ein und wirkt schmerzlindernd." Wieder hielt er den Tiegel und ein großes Stoffbündel hoch. „Ich hoffe, es macht dir nichts, dass ich dir eins von mir mitgebracht habe, da alle Läden geschlossen sind, wenn wir im Hafen liegen. Es ist das längste T-Shirt, das ich besitze."

„Danke." Als Angie ihren ersten Mann beschrieben hatte, hatte sie charmant, aufmerksam und liebevoll vergessen.

„Entschuldigt mich." Angie schob sich an Pam vorbei. „Da wir das Büfett haben ausfallen lassen, hole ich mir einen Teller Mittagessen, jetzt wo er hier ist, um dir Gesellschaft zu leisten. Ich bringe dir auch was mit." Sie drehte sich noch einmal zu Pam und Gil um, ehe sie ging. Als sie den Flur ein Stück entlanggegangen war, rief sie über die Schulter zurück: „Ich lasse mir Zeit."

Gil schaute ihr hinterher. „Was sollte das denn?"

„Nichts. Sie redet sich irgendwas ein." Oder konnte andere Menschen gut durchschauen. Pam nahm die Creme entgegen. „Danke."

„Du solltest sie direkt auftragen. Und zwar eine dicke Schicht."

„Hast du Erfahrung damit?"

Er zuckte mit den Schultern. „Spring Break. Wasserski am Seehaus eines Freundes. Ein ganzer Tag im Wasser ohne Sonnenschutz. Meine Schultern sahen genauso aus wie deine."

Pam trat von der Tür weg. „Es ist verrückt. Ich wusste nicht, was alles schmerzen kann. Wenn ich gehe, tun meine Knöchel weh. Beim Bücken schmerzt mein Bauch. Wenn ich mich zur Seite drehe, mein Dekolleté. Zum Glück habe ich keinen Sonnenbrand auf dem Rücken. Dann würde es mir noch schlechter gehen."

„Geht es denn schlechter als schlecht?" Gil lächelte. „Lass mich wenigstens deine Knöchel eincremen, dann musst du dich nicht so weit runterbeugen. Beim Rest kann dir Angie helfen."

„Das ist nicht nötig. Ich komme an meine Knöchel ran."

„Okay." Er nickte und zog den Hocker vor dem Spiegel zu sich heran. „Leg ruhig los. Ich setze mich nur eine Minute, bevor ich wieder in mein Zimmer gehe."

„Das ist nicht …"

Ehe sie ihren Satz beenden konnte, nahm er Platz und verschränkte die Arme vor der Brust.

„Na schön." Langsam ließ sie sich auf das Bett sinken und achtete darauf, den Rücken gerade zu halten.

Gil hob eine Augenbraue, aber schwieg.

Pam ließ sich Zeit damit, den Tiegel zu öffnen und ein wenig Creme zu entnehmen, die sie zwischen

Daumen und Zeigefinger rieb. Sie war dicker als die Lotionen, die Angie und sie mitgebracht hatten. Pam nahm noch ein wenig mehr heraus und biss die Zähne zusammen, als Schmerz von ihrer Armbeuge in ihren Unterarm hinunterschoss.

„Nicht einreiben. Lass sie einfach einziehen. Deshalb hab ich dir das T-Shirt mitgebracht, damit du die Laken nicht ruinierst."

Pam betrachtete ihren Arm mit zusammengekniffenen Augen. Schon jetzt schien es ein wenig angenehmer zu sein, aber beim Gedanken daran, den Arm noch einmal zu beugen, zog sie die Luft ein. Sie würde es schaffen. Das musste sie.

„Warte." Er durchquerte das kleine Zimmer mit zwei Schritten. „Ich zeige es dir."

Auf einem Knie hob er ihren Fuß an, wobei er darauf achtete, ihr Bein nicht zu beugen, und entnahm ein wenig von der Creme aus dem Tiegel. Vorsichtig rieb er damit ihren Fußrücken und ihren Knöchel ein.

Sie wusste nicht recht, ob es an der Creme oder an seiner Berührung lag, dass sie sich mit einem Mal besser fühlte.

„Soll ich auch den anderen Fuß eincremen?"
Pam nickte.
Ebenso vorsichtig trug er die Creme auf den anderen Fuß und diesmal auch auf ihre Wade auf. Jede Berührung fühlte sich an wie eine Liebkosung. Als er am Knie angekommen war, hielt er inne und schaute zu ihr auf, um ihr eine stumme Frage zu stellen.

Das Brennen auf ihrer Haut wurde bereits schwächer und von einem neuen Prickeln in ihrem Inneren ersetzt.

Ein Lächeln von ihr genügte, und er bewegte seine Finger über ihr Knie hinaus.

Wäre sie nicht mit einer blauen Paste eingecremt worden, wäre dies der sinnlichste Moment gewesen, den sie jemals erlebt hatte.

Vorsichtig legte er ihr Bein ab, und sie musste sich beherrschen, ihn nicht zu bitten weiterzumachen. Ihre Enttäuschung verflog, als er nach ihrem anderen Fuß griff und ihre Wade und ihr Knie genauso sanft eincremte. Diesmal ließ er seine Hand ein Stück weiter an ihrem Oberschenkel hinaufgleiten. „Du bist nicht mehr kitzelig."

Sie schüttelte den Kopf. Vielleicht wäre sie das an einem anderen Tag und bei einer anderen Person gewesen, aber die Art, wie er die Finger über ihre wunde Haut gleiten ließ, hielt sie vom Lachen ab. Sie war sich immer noch nicht sicher, ob sie sich wegen der Creme oder seiner Berührung besser fühlte, aber solange er nur weitermachte, spielte es keine Rolle für sie.

# KAPITEL 15

Gil musste sich bemühen, um nicht die Kontrolle zu verlieren. Im Kopf sagte er sich immer und immer wieder: *Pam hat Schmerzen, Pam hat Schmerzen*. Er erinnerte sich daran, dass er ihr half; das hier war kein Vorspiel. Sich davon abzuhalten, die Hand an der Innenseite ihres Oberschenkels und immer höher wandern zu lassen, war die reinste Qual. Er konnte sich nicht daran erinnern, wann er zuletzt eine Frau so sehr gewollt hatte.

Nein, das stimmte nicht – er konnte sich erinnern. Doch er war nicht mehr mit ihr zusammen. „Ich …" Er wich zurück und schloss den Tiegel wieder. „Angie wird gleich zurück sein, dann kann sie den Rest eincremen."

Pam schwieg; ihr Blick war weich geworden und hatte sich umwölkt.

Er hoffte, dass es an seinen Berührungen lag. Dass sie den gleichen inneren Kampf austragen musste wie er. Dass sie ihn genauso begehrte. Doch er wusste, dass sie Schmerzen hatte und dass er gehen musste.

Er stand auf und atmete tief durch, um einen klaren Kopf zu bekommen. Es war zu viel für ihn gewesen. Er war ihr zu nahe gekommen. „Die Inseltour, zu der Kirk und die anderen Leo überreden wollen, beginnt morgen früh um halb neun am Hafen. Ich habe uns für Viertel vor neun ein Taxi bestellt. Ich hole dich vorher hier ab."

„Nein.“ Pam schüttelte den Kopf. „Wir treffen uns an der Gangway.“

Gil nickte knapp. Sie hatte recht. Er musste nicht noch einmal in ihr Zimmer kommen. „Um zwanzig vor neun an der Gangway. Zu diesem Zeitpunkt sollten alle das Schiff verlassen haben. Und wenn wir uns sicher sind, dass die Tour begonnen hat, gehen wir zum Taxi.“

Auch wenn sie nicht überzeugt aussah, nickte sie.

Nachdem Gil das Zimmer verlassen hatte, hielt er kurz inne. Die nächsten vierundzwanzig Stunden würden wohl die längsten seines Lebens werden.

Pam wusste nicht, wie lange sie an die Decke gestarrt hatte, als die Tür geöffnet wurde.

„Bist du wieder allein?“

„Ja.“ Es brachte nichts, Angie zu erzählen, dass sie beinahe alle Schmerzen vergessen und sich Gils Berührungen hingegeben hatte.

„Hast du Hunger?“

„Ein bisschen.“

„Ich hab einen Caesar Salad und einen Milchshake mitgebracht.“ Angie stellte beides auf dem Nachttisch ab. „Ich habe mir gedacht, du willst nichts Warmes, und der Milchshake wirkt vielleicht kühlend.“

„Danke.“

„Ich fand schon immer, Blau steht dir gut.“

„Was?“ Pam folgte Angies Blick zu ihren Beinen. „Ach ja. Es scheint auch zu helfen. Er hatte recht. Es brennt nicht mehr so sehr.“

„Warum hast du nur deine Beine eingecremt?“

Eine Sekunde lang überlegte Pam, ob sie Angie davon erzählen sollte, dass Gil sie eingecremt hatte und dass ihre Haut danach auf eine vollkommen andere Art geprickelt hatte. „Es tut weh, meine Arme zu beugen. Könntest du mir nach dem Essen beim Eincremen helfen?"

„Ich kann auch später essen. Ehrlich gesagt hab ich schon einen Milchshake getrunken, während ich oben war. Ich bin den beiden aus Peoria begegnet, die ihre Silberhochzeit feiern. Sie machen auch bei der Tour morgen mit."

„Das wird schön." Pam hatte keinen Appetit auf Salat, daher stocherte sie nur darin herum.

Angie griff nach der Creme. „Ich hätte das vorhin nicht sagen sollen."

„Was genau von den vielen Dingen meinst du?" Pam grinste.

Angie streckte ihr die Zunge raus. „Dass all deine Ehemänner ein billiger Abklatsch des ersten sind."

Pam stach mit der Gabel in ein Salatblatt und starrte darauf. Dann ließ sie das Plastikbesteck auf den Teller fallen. „Du hattest aber recht. So ungern ich es auch zugebe, ich habe offenbar einen ganz bestimmten Typ." Eine reifere Version ihres Abschlussballkönigs.

„Ich versteh's nicht. Wenn ich euch beide sehe, wirkt ihr auf mich nicht wie geschiedene Leute."

Pam zuckte mit den Schultern. „Ich war jung, verängstigt und habe mich von seiner Mutter überzeugen lassen, dass er mit einer Frau, die ihm ähnlicher ist, glücklicher wäre als mit mir."

„Und was für eine Frau sollte das sein?"

„Ein College-Mädchen mit Zukunft." Pam stieß ein langes Seufzen aus. „Die meisten im Ort haben vermutet, ich sei schwanger. Und der Rest glaubte, ich hätte ihm eine Schwangerschaft vorgegaukelt. Ich hatte einen gewissen Ruf, bevor ich mit Gil zusammengekommen bin. Das ist mir erst bewusst geworden, als er zum College gegangen ist und ich zurückgeblieben bin."

„Du scheinst mir nicht der Typ zu sein, der sich um das Gerede anderer Leute schert.“

Pam schüttelte den Kopf. „Ich habe mir nicht viel aus dem gemacht, was die Leute sagten. Es ging darum, was sie über ihn dachten. *Der Junge kann doch nicht ernsthaft geglaubt haben, dass es sein Kind ist.* Am schlimmsten war aber: *Mit ihr an seiner Seite wird er es nie zu etwas bringen.* Und Mrs Harris hat mir deutlich zu verstehen gegeben, dass ich ihn im Leben nur zurückhalten würde, und bei jeder Gelegenheit erwähnt, wie viel Spaß Gil mit seinen neuen Freunden am College hat. Und ich habe ihr geglaubt.“

„Glaubst du immer noch, dass es die Wahrheit war?“

„Es spielt keine Rolle, was ich jetzt denke. Gil führt ein Leben, das nichts mit mir zu tun hat. Seine Zukunft ist die Art von Frau, die seine Mutter für ihn im Sinn hatte.“

„Ich frage mich, ob das Schicksal nicht versucht, euch etwas mitzuteilen, und ihr es nur nicht sehen wollt.“

„Du klingst wie ein schlechtes Orakel.“

Angie schüttelte den Kopf. „Es ist nicht mein Leben. Und Leo ist ein netter Kerl, aber du hast jetzt die Chance, alles geradezubiegen, und dafür bleiben dir weniger als vierundzwanzig Stunden.“

„Hi.“

Gil stand an Deck und freute sich darüber, Karens Stimme zu hören. Sie waren schon so lange die besten Freunde, dass es schwer war, ihr nicht all seine Gedanken und Zweifel mitzuteilen, die ihm durch den Kopf gingen. „Wie läuft's?“

„Meinst du, irgendjemandem außer meiner Mutter und meinem Vater würde es etwas ausmachen, wenn ich den nächsten Flug in die Karibik nehme und der großen Hochzeit entfliehe?"

„Ist es so schlimm?"

„Nicht wirklich. Es ist einfach nicht …"

Gil saß auf einem Liegestuhl und legte den Knöchel auf seinem Knie ab. „Einfach nicht was?"

„Wann bin ich von meinem Weg abgekommen?"

„Was?" Gil stellte beide Füße auf dem Boden auf und lehnte sich vor. „Was hab ich verpasst?"

„Tut mir leid. Es ist einfach so viel los, seitdem du weg bist. Und meine Mutter führt sich auf, als würde der Weltuntergang nahen, weil die Caterer nicht genügend burgunderrote Untersetzer für die zusätzlichen fünf Tische mit den Gästen haben, die sie der Liste hinzugefügt hat, und sie nun durch die Farbe Merlot ersetzen wollen."

„Ist das nicht beides dunkelrot?"

„Danke. Das hab ich auch zu Mom gesagt."

„Aber Krisen-Management ist doch dein Talent. Worum geht es hier wirklich?"

Karen ließ sich Zeit mit der Antwort, und er konnte sich vorstellen, wie sie sich die Stirn rieb und über ihre Wortwahl nachdachte. „Jetzt ist nicht der richtige Zeitpunkt."

„Karen. Spuck's aus. Ich bin ein großer Junge. Was ist los?"

Sie seufzte schwer. „Tun wir das Richtige?"

Er erstarrte. Kurz vor einer riesigen Hochzeit war es nie ein gutes Zeichen, wenn die Braut so eine Frage stellte. Es sei denn, es war ein harmloser Anflug von Hochzeitspanik. Aber in diesem Fall hatte auch der Bräutigam Zweifel, denn er konnte nicht aufhören, an die eine Frau zu denken, die er endlich vergessen zu haben geglaubt hatte. Doch er hatte Karen noch nie angelogen und würde auch jetzt nicht damit beginnen. „Ich weiß es nicht."

„Dann fühlst du es also auch?"

„Fühlen?" Er wusste nicht, was sie fühlte. „Ich komme nicht mit."

„Irgendetwas stimmt nicht. Ich sollte mir sicherer sein."

„Sicherer?"

„Ich habe dir ja erzählt, dass ich gestresst bin. Vielleicht wird auf einmal alles zu real für mich. Bisher war es nur eine praktische Idee zu heiraten. Oder vielleicht liegt es daran, dass du plötzlich noch verheiratet bist und meine Mutter mich ständig nervt, dass ich mich frage, ob es ein Zeichen ist. Es ist aber gut möglich, dass ich einfach überreagiere. Lass uns vergessen, dass ich es angesprochen habe."

„Karen ..."

„Nein. Wir planen die Hochzeit seit fast einem Jahr. Ich bin wahrscheinlich einfach ein bisschen nervös, und meine Mutter macht mich noch nervöser."

„So schlimm ist sie nun auch wieder nicht." Gegen die anderen Dinge hatte er keine Argumente. War es wirklich ein Zeichen? Selbst wenn, gab es nichts, was er dagegen tun konnte. In zwei Tagen würde Pam einen anderen heiraten.

„Oh doch", unterbrach Karen seine Gedanken. „Ich sage nur Tischdecken. Burgunderrot."

„Okay." Er lachte. „Vielleicht ist sie auch einfach nervös."

„Ich muss auflegen – ein paar Klienten anrufen."

„Alles klar. Aber mir gefällt es nicht, dass wir das Gespräch beenden müssen, wo du so aufgebracht bist." Oder vielleicht war er auch derjenige, der noch Redebedarf hatte.

„Ruf mich einfach an, wenn morgen alles vorbei ist. Und mach dir keine Sorgen. Ich komme schon klar.

Gute Nacht.“

„Gute Nacht.“ Gil ließ sein Handy auf den Tisch neben sich sinken und betrachtete das vom Mondlicht funkelnde Wasser. Sie kam schon zurecht. Doch leider konnte er nicht das Gleiche von sich selbst behaupten.

# KAPITEL 16

„Es sollte nicht so schwer sein." Angie stemmte ihre Hände in die Hüften und stellte sich neben die Schranktür. „Ich würde immer noch sagen, dass das Strand-Shirt, das Nancy in San Juan für dich gekauft hat, am besten ist."

„Das kann ich doch nicht zu einer Scheidung tragen."

„Es gibt keine offiziellen Scheidungs-Outfits." Angie schaute auf ihre Uhr. „Es ist acht. Ich muss jetzt los, sonst schaffe ich es nicht rechtzeitig vom Schiff. Ich habe gesehen, was einige der Touristen tragen. Ganz egal, für was du dich entscheidest, es ist in Ordnung."

„Geh nur. Viel Spaß. Und lenk Leo ab."

Angie blieb an der Tür stehen. „Meinst du, du hättest ihn heute Morgen vorbeikommen lassen sollen, so wie er vorgeschlagen hat? Dann wäre er vielleicht beruhigter."

„Spielt das eine Rolle?" Pam schaute auch auf die Uhr. „Es ist spät. Alle sind bestimmt schon auf dem Weg zum Bus."

„Stimmt." Angie griff nach ihrem großen Hut. „Nimm den mit, um dein Gesicht zu schützen."

„Was ist mit dir?"

Angie zog ihre Sonnenbrille aus der Handtasche, setzte sie auf und straffte die Schultern. „Ich bin gut ausgestattet. Tschüs."

Als die Tür hinter Angie ins Schloss fiel, starrte Pam auf ihren Schrank. Selbst wenn sie nicht von Kopf bis Fuß verbrannt wäre – gab es ein passendes Outfit für eine Scheidung? Die Creme hatte das Brennen zwar abgeschwächt, aber dennoch war ihre Haut immer noch empfindlich. Gils T-Shirt war perfekt als Schlafanzug gewesen, da es keine kratzenden Nähte hatte. In seinen Duft eingehüllt, hatte sie friedlich geschlafen, aber unangemessene Träume gehabt. Das T-Shirt, das von der Creme mittlerweile fettig war, konnte sie in der Öffentlichkeit nicht tragen.

Da sie keine anderen Optionen hatte, zog Pam das knielange Strand-Shirt an, das Nancy ihr nach dem Frühstück gebracht hatte. Es war pink, hatte die Aufschrift *San Juan* und war angenehm weich. Und Angie hatte recht – was manche Passagiere trugen, war ungeheuerlich. Besonders die beiden Teenager, die Schlafanzughosen für angemessene Kleidung hielten. Und an den Typen mit der String-Badehose wollte sie lieber erst gar nicht denken. Ja, das pinke lange T-Shirt war gut genug.

Sie brauchte eine weitere Viertelstunde, um zu dem Schluss zu kommen, dass keine Sandalen dazu passten und dass ihre braunen Slipper am bequemsten waren. In Kombination mit dem riesigen Strohhut sah sie aus wie eine Kriminelle aus einem Trickfilm, aber daran konnte sie nichts ändern.

Um genau zwanzig vor neun trat sie aus dem Fahrstuhl und wartete in der Lobby.

Gil traf fünf Minuten nach ihr ein. „Sorry, dass ich zu spät komme. Es war sehr voll, deshalb hat es eine Weile gedauert, bis ich einen Aufzug nehmen konnte."

„Kein Problem." Sie hielt ihre Tasche in der Hand, da sie kein Gewicht an ihrer Schulter ertragen konnte.

„Ich glaube, wir können das Schiff jetzt verlassen. Ich habe an Deck beobachtet, wie sich die Busse gefüllt haben. Sobald ich gesehen habe, dass Leo eingestiegen war, bin ich runtergekommen.“

Es dauerte fünf Minuten, um ihren Fahrer zu finden und ihm den Plan für den heutigen Tag zu erklären.

„Wo hast du Spanisch gelernt?“, fragte Pam.

„Ich arbeite mit vielen spanischsprachigen Investoren zusammen. Es ist unglaublich, wie lukrativ Geschäfte mit Zentral- und Südamerika sind.“

„Wegen des Drogenhandels?“

„Sicherlich sind viele Menschen dadurch reich geworden, aber ich beziehe mich auf Leute, die schon immer Geld hatten. Diejenigen, denen Zeitungen, Fabriken und andere Exportunternehmen gehören. Und nicht alle sprechen Englisch. Da mich der Spanischunterricht an Highschool und College nicht weitergebracht hat, habe ich einen Crashkurs belegt. Das hat sich ausgezahlt.“

„Klingt ganz danach. Auch in Bluffview gibt es immer mehr Menschen, die nur Spanisch sprechen.“

Eine Weile schwiegen sie, und Pam genoss den Ausblick, während sie über die zweispurige geteerte Straße fuhren, die von hohen Bäumen gesäumt war.

„Es ist wunderschön, nicht wahr?“ Das Lächeln war in Gils Stimme zu hören.

„Ja.“ Sie hielt ihren Blick weiter aus dem Fenster gerichtet. „Eine ganz andere Welt.“

„Wünschst du dir manchmal, das Leben hätte dich an einen anderen Ort verschlagen?“

Sie drehte sich zu ihm um. „Andauernd.“

„Wirklich?“ Gil legte den Kopf schief und studierte sie. „Wo wärst du denn gern?“

„Es spielt wahrscheinlich keine Rolle, wo ich lebe.“ Sie wandte den Blick wieder ab und zuckte mit den Schultern. Es war kein Ort, den sie vermisste. „Ich mag Jahreszeiten. Aber ich hätte gern einen längeren Sommer und einen kürzeren Winter.“

„Also kommt Chicago nicht infrage."

Pam schaute ihn wieder an. „Wie bist du eigentlich nach Chicago gekommen?"

„Wegen meines Jobs, den ich direkt nach meinem Studium bekommen habe. Die Stelle hatte Potenzial und war sehr weit entfernt von Georgia."

Pam nickte. „Ja."

Sie verfielen in Schweigen, ehe Gil sich so positionierte, dass er sich mit dem Rücken an die Tür lehnen konnte. „Was hast du nach der Hochzeit vor?"

„Wie meinst du das?"

„Willst du mehr reisen?"

„Nein. Ich hab meine Urlaubstage aufgebraucht."

„Dann wirst du also weiterarbeiten?"

In seiner Stimme lag kein Vorwurf, und dennoch ärgerte sie sich darüber. „Natürlich. Ich bin gut in dem, was ich mache. Sehr gut sogar."

Gil lächelte. „Beruhige dich, Rotschopf, ich wette, dass du gut bist."

Dass er sie mit dem alten Kosenamen ansprach, ließ ihren Körper prickeln. „Nenn mich nicht so."

„Tut mir leid." Sein Lächeln verschwand.

„Nein." Sie seufzte. „Mir tut es leid. Es ist nur ein wunder Punkt, dass ich nie das College besucht habe. Ein Highschool-Abschluss zählt heute nicht mehr viel. Die jungen Leute aus dem College steigen direkt in hohen Positionen ein und werden schnell befördert."

„Aber du bleibst dort, wo du bist."

„Versteh mich nicht falsch. Ich mag meine Arbeit, und ich verdiene genug, aber manchmal frage ich mich …"

„Was?"

„Wie mein Leben verlaufen wäre, wenn ich so schlau wäre wie du."

„Sag das nicht." Er richtete sich auf. „Du hast das Leben immer in vollen Zügen genossen und nie über andere Leute geurteilt. Das klassische Schulsystem war nichts für dich. Hausaufgaben und Tests waren vielleicht nicht deine Lieblingsbeschäftigung, aber du warst schlau. Und du bist es immer noch. Sonst könntest du deinen Job nicht ausüben. Es heißt nicht umsonst ‚Mit wem wollen Sie reden – mit dem Chef oder mit der Person, die wirklich weiß, was los ist?‘.“

Pam lachte. Auf sie traf das definitiv zu. Ihr derzeitiger Vorgesetzter war gut organisiert, doch der Redakteur, den Kirk ersetzt hatte, war ganz anders gewesen. Pam hatte sich oft gefragt, wie er morgens überhaupt zur Arbeit fand. „Danke.“

„Ich sage nur die Wahrheit.“

„Das tust du oft, oder?“

„Ich habe Karriere gemacht, weil ich weiß, was ich tue und die Dinge beim Namen nenne. Ich rede nicht um den heißen Brei.“

„Was hält deine Mutter von Karen?“ Pam wusste nicht, wo diese Frage auf einmal hergekommen war. Oder vielleicht doch. In der Vergangenheit hatte sie oft darüber nachgedacht, was gewesen wäre, wenn Mrs Harris sie gemocht hätte. Hätten ihre Eltern sie als Paar unterstützt, hätte ihr Leben anders verlaufen können.

„Ich schätze, sie mag sie.“ Seine Miene blieb unverändert, aber Pam spürte, dass seine Haltung ein wenig abweisender wurde. „Ich glaube, in erster Linie hofft sie auf Enkelkinder.“

„Das würde sie glücklich machen.“

„Ja, wenn Karen Kinder wollen würde.“

„Aber sie will keine?“ Das war merkwürdig. Als sie und Gil über ihre Zukunft gesprochen hatten, war er derjenige gewesen, der stets von Kindern gesprochen hatte. Und einem großen Hund.

„Für Karen steht die Karriere an erster Stelle. Ihr einziges Baby ist die Firma, die ihrem Dad gehört. Und sie hat große Pläne, falls er ihr jemals das Ruder überlässt.“

„Falls?"

„Ihr Vater betrachtet die Branche noch immer als eine, die von Männern beherrscht werden sollte. Aber er gewöhnt sich langsam an den Gedanken."

„Ist er damit einverstanden, dass du sie heiratest?"

Gil lachte. „Man könnte fast sagen, dass die Hochzeit seine Idee war."

Das ergab keinen Sinn. Es sei denn … „Ihr Vater will, dass du die Firma übernimmst, oder?"

„Er will einiges, aber Karen hat ihre eigenen Pläne."

Sie entfernten sich nun von der grünen Landschaft mit den vielen Bäumen und fuhren auf eine Straße, die an der felsigen Küste entlangführte. Der Ausblick war spektakulär. „Ich wünschte, wir hätten Zeit, um anzuhalten."

„Vielleicht klappt es ja, wenn sich der Richter beeilt."

Sie nickte, aber sie hatte aus irgendeinem Grund die Vermutung, dass es nicht mehr das Gleiche wäre, mit ihrem Ex-Mann am Strand entlangzuspazieren.

Als sie die Hälfte der Strecke nach Santo Domingo zurückgelegt hatte, waren Pam und Gil vollkommen entspannt. Sie hatten eine Weile gebraucht, um sich mit den Formalitäten ihrer aktuellen Situation auseinanderzusetzen und, weit weg von den anderen, zu der Vertrautheit zurückzufinden, die früher so selbstverständlich für sie gewesen war. Ohne Karen, Leo, ihre Hochzeitspläne oder elterliche Erwartungen zu besprechen, hatten sie es geschafft, einander auf den neuesten Stand zu bringen, was in ihrem Leben alles vor sich ging. Er lachte noch immer über die

Geschichte, wie Pam nicht nur herausgefunden hatte, dass Kirk und Michelle einander schon kannten, sondern auch, dass sie schwanger war.

„Was für ein Zirkus."

„Ja, aber es funktioniert zwischen ihnen."

„Ich muss zugeben, es ist fast unerträglich, wie glücklich die beiden miteinander sind."

„Ich freue mich für sie. Ich mochte ihren Ex, der sie mit ihrer Freundin betrogen hat, nie wirklich."

„Man sollte nie etwas mit der Freundin seiner Freundin anfangen. Und auch nicht mit der Freundin seines besten Freundes."

„Ya llegamos", verkündete der Fahrer, als er vor einem Gebäude im spanischen Kolonialstil in der Altstadt von Santo Domingo vorfuhr. Als Gil um den Wagen herumgegangen war, hatte der Fahrer Pam die Tür schon geöffnet. Er war wahrscheinlich überaus erfreut über die hohe Summe, die er an diesem Tag verdienen würde.

„Gracias. Donde nos encontramos?"

„Aqui, les espero."

Gil bezahlte den Mann für die Hinfahrt und führte Pam zum Bürgersteig.

„Was habt ihr besprochen?"

„Ich habe ihn gefragt, wo wir ihn später wiederfinden können. Er wartet hier auf uns."

Die gute Stimmung, die zum Ende der Fahrt geherrscht hatte, verflog angesichts der tropischen Hitze schnell. Oder vielleicht lag es auch daran, dass ihnen die Realität der Situation bewusst wurde. Die Vergangenheit hatten sie hinter sich gelassen, und nun war die Gegenwart wieder vorherrschend.

Das Innere des Gebäudes wirkte altmodisch und erinnerte an einen Film aus den Vierzigern. Es fühlte sich an, als könnte jeden Moment Burt Lancaster oder Bette Davis um die Ecke kommen. Eine hübsche junge

Rezeptionistin begrüßte sie am Ende des Flures und erklärte ihnen den Weg zu dem Büro.

Der lange Gang wirkte, als würde er niemals enden. Ein Schauer lief Gil am Rücken hinab. Pam kam näher und schmiegte sich beim Gehen beinahe an seine Seite. Wahrscheinlich war sie genauso nervös.

Gil hatte eine Art Gerichtssaal erwartet oder vielleicht das Büro des Richters. Stattdessen betraten sie einen kleinen heruntergekommenen Raum mit niedriger Decke und einem lauten Ventilator. Hinter dem riesigen Holzschreibtisch, auf dem sich Unterlagen und Ordner stapelten, saß ein älterer Mann mit Halbglatze und erhob sich, um sie zu begrüßen. „Herzlich willkommen. Sie sind hier, um sich scheiden zu lassen?"

„Richtig", erwiderte Gil.

Pam nickte kaum merklich.

„Nun gut. Und Sie sind beide einverstanden?"

Glaubte der Mann tatsächlich, dass Paare eine so weite Reise auf sich nahmen, wenn sie nicht beide einverstanden waren?

Als er gerade Ja sagen wollte, wurde ihm bewusst, dass Pam nicht geantwortet hatte. Er schaute sie an und stellte überrascht fest, dass sie auf ihrer Unterlippe herumkaute.

„Sie sind einverstanden?", wiederholte der Mann.

Pam zog die Luft ein und nickte. „Ja."

„Ja", sagte nun auch Gil, der nicht überrascht war, dass sich ein hohler Schmerz in seiner Brust ausbreitete.

In den nächsten Minuten unterschrieben sie eine Seite nach der anderen, und die Art, wie sich sein Magen zusammenzog, erinnerte ihn schmerzhaft an damals, als er die Scheidungspapiere unterschrieben hatte. Als Nächstes trugen sie ihre Namen und das Datum in ein gebundenes Register ein und unterschrieben erneut.

„Gut." Der Mann lächelte. „Dies lassen wir dem zuständigen Beamten zukommen. Der Notar wird die Unterlagen beglaubigen. Sie können die Bestätigung nach vierzehn Uhr abholen."

Pam schaute ihn an, und er wusste, dass sie sich beide fragten, warum eine Beglaubigung so lange dauerte, aber sie mussten sich damit abfinden und hatten ohnehin damit gerechnet.

Gil streckte seine Hand aus. „Danke."

„Gern geschehen", erwiderte der Richter höflich.

Es war so weit. Die Scheidung war so gut wie rechtskräftig.

Sie verließen den Raum, und Gil beschloss, Karen anzurufen. „Wenn du mir einen Moment geben könntest, ich würde gern Karen informieren."

Pam nickte. „Natürlich. Ich gehe kurz zur Toilette."

Nachdem Pam unter dem Schild mit der Aufschrift *Damas* um die Ecke gegangen war, holte Gil sein Telefon hervor und rief Karen an, die nach dem ersten Klingeln ranging. Sie musste auf seinen Anruf gewartet haben.

„Es ist vorbei."

„Ja", bestätigte er.

„Ja?" Sie klang überrascht.

„Wir haben die Scheidungspapiere unterschrieben. Der Richter meint, in ein paar Stunden sollte die Scheidung offiziell sein."

„Oh. Gut. Aber ich meinte uns."

„Uns?"

„Ich habe meinem Vater gesagt, dass ich dich nicht heiraten werde."

Er war so erleichtert, dass er beinahe gelächelt hätte, doch dann fühlte er sich fürchterlich schuldig. Er sollte sich nicht darüber freuen. Und warum wollte sie die Hochzeit absagen?

„Falls du dir Sorgen gemacht hast, dass wir es nicht

rechtzeitig schaffen, hättest du nicht gleich …“

„Nein, Gil. Es ist nicht fair von mir, dich für immer an mich zu binden. Ich bin mit dem Unternehmen verheiratet, und das weißt du.“

„Karen, ich …“

„Nein. Bitte versuch nicht, mir einzureden, dass es anders sei. Wenn ich darüber nachdenke, dass wir geheiratet hätten, wenn diese ungültige Scheidung nicht bekannt geworden wäre …“ Ihre Stimme verlor sich.

Dann hätten sie das Leben geführt, das ihr Vater sich für sie gewünscht hatte. Sie hatten zwar vorgehabt, ihr eigenes Ding zu machen, aber den Eltern alles recht zu machen, hatte auch damals nicht funktioniert. „Wie geht es dir? Es muss schwer gewesen sein, es deinem Vater zu sagen. Ich wünschte, du hättest zumindest gewartet, bis ich wieder da bin.“

„Es war gar nicht so schwer, nachdem ich mich einmal entschieden hatte. Er arbeitet schon daran, die Feier in eine Preisverleihung zu verwandeln.“

„Warum überrascht mich das nicht?“

„Mom musste Beruhigungstabletten nehmen, aber sie wird darüber hinwegkommen.“

„Und was ist mir dir? Du hast mir nicht geantwortet. Wie geht es dir?“

„Besser, als ich gedacht hätte. Deshalb weiß ich auch, dass es das Richtige war. Ich bin kein junges Mädchen mehr. Es ist an der Zeit aufzuhören, Daddy alles recht zu machen.“

Das stimmte, aber es war auch an der Zeit, dass ihr Vater nicht nur die starke Frau sah, die seine Tochter geworden war, sondern auch anerkannte, dass sie eine herausragende Geschäftsfrau war. „Versprich mir, dass du anrufst, wenn ich irgendwas tun kann.“

„Ich verspreche es, aber das wird nicht nötig sein.“ Sie klang überaus entschlossen.

Erst jetzt wurde ihm bewusst, dass die selbstsichere

Frau, mit der er schon so lange befreundet war, langsam verschwunden war – mit jedem Kompromiss, den sie eingegangen war, um ihre Eltern glücklich zu stimmen, ein wenig mehr. Wie hatte ihm das nur entgehen können?

„Und Gil?"

„Ja?"

„Wir beide verdienen mehr."

Er musste nichts erwidern.

Karen hatte aufgelegt, und Pam kam wieder durch den Flur auf ihn zu. Sie mussten ihren Plan durchziehen. Pam würde heiraten. Einen anderen Mann. Das Leben hatte einen eigenartigen Humor.

„Bist du bereit?", fragte er.

Pam nickte, aber lächelte nicht. Sollte ihre Scheidung nicht zumindest für sie ein Anlass zur Freude sein? „Ich schätze, jetzt müssen wir warten."

„Ja." Gil ging neben seiner zukünftigen Ex-Frau nach draußen, wo er dem Fahrer erklärte, dass sie erst in ein paar Stunden zum Schiff zurückkehren konnten. Dann wandte er sich an Pam. „Der Fahrer hat vorgeschlagen, dass wir uns die Kathedrale und das Fortaleza Ozama anschauen und dann über die Calle las Damas zum Palastmuseum gehen."

Pam stieß den Atem aus, legte die Finger an ihre Schläfen und ließ mit einem gezwungenen Lächeln die Hand sinken. „Kann er uns nicht lieber eine gute Bar empfehlen?"

# KAPITEL 17

Das Letzte, was Pam wollte, war das klassische Touristenprogramm. In ein paar Stunden würde sie eine geschiedene Frau sein. Eigentlich sollte dieser Gedanke Erleichterung in ihr hervorrufen, aber stattdessen fühlte sie den gleichen Schmerz, der sich auch beim ersten Mal in ihr ausgebreitet hatte, als sie die Papiere unterschrieben hatte, die die Scheidung von dem einzigen Mann besiegeln sollten, den sie jemals geliebt hatte.

Diese Erkenntnis ließ sie kurz ins Taumeln geraten, und plötzlich fühlte sie Gils warme Hand, die ihre umfasste. Es ging nicht nur um eine alte Erinnerung. All die Jahre war sie in Gil Harris verliebt gewesen.

„Alles in Ordnung?" Er lockerte seinen Griff.

Sie nickte. Ihr Mund war mit einem Mal ganz trocken. „Ja, ich bin nur gestolpert." Er hatte es im Leben weit gebracht und all das erreicht, was sie ihm zugetraut hatte. Zeitgleich war er immer noch der nette, witzige, entspannte und attraktive Mann von damals. Nur mittlerweile gehörte er mit all seinen guten Eigenschaften einer anderen.

Eindeutig nicht bereit, sie loszulassen, ehe er sich sicher war, dass es ihr gut ging, betrachtete er sie von Kopf bis Fuß. Sein Blick war nicht anzüglich, sondern zeigte, dass er sich Sorgen um sie machte.

Und das verstärkte den Schmerz in ihr nur noch und machte ihr das Atmen beinahe unmöglich. Er war alles, was sie sich damals gewünscht hatte, und er war zu dem Mann geworden, den sie sich auch jetzt wünschte. Nichtsdestotrotz gehörte sie seiner Vergangenheit an und nicht seiner Zukunft.

„Ist es nicht hier?" Pam deutete auf ein buntes Gebäude und ging darauf zu. Sie hatten sich am Ende tatsächlich ein Lokal statt Sehenswürdigkeiten von ihrem Fahrer empfehlen lassen.

„Ja." Er holte sie ein und ging neben ihr her.

Der Fahrer, der sie abgesetzt hatte, tippte sich an die Hutkrempe und kehrte um.

„Holt er uns wieder ab?"

Gil lächelte. „Ja, später am Gerichtsgebäude."

„Das ist nett von ihm."

„Ich nehme an, er erwartet ein zusätzliches Trinkgeld."

„Das du ihm natürlich geben wirst."

Gil schenkte ihr ein schwaches Lächeln. „Das werde ich."

„Das ist Ihr Tisch", verkündete die Kellnerin.

„Danke." Gil glitt auf die u-förmige Sitzbank.

Als auch Pam Platz genommen hatte, studierte sie ihre Umgebung.

An drei Wänden waren Tische aufgereiht, und in der Mitte befand sich eine große Tanzfläche. Der fast rechteckige Tisch war eindeutig für mehr als zwei Personen gedacht.

Pam griff nach der Speisekarte. „Ich bin völlig ausgehungert." Was natürlich eine Lüge war. Den ganzen Morgen schon war ihr mulmig zumute, aber das wollte sie vor ihm nicht zugeben.

Gil öffnete den Mund, um etwas zu erwidern, aber in diesem Moment setzte die Musik ein. Sie war zwar nicht allzu laut, aber da sich der Lautsprecher über ihnen befand und sie einander gegenübersaßen, würden sie einander nur verstehen, wenn sie auf der u-förmigen

Bank näher zusammenrutschten. Sie hatte es bis hierher geschafft. Was machten schon ein paar Zentimeter mehr aus? Pam rutschte näher zu Gil heran und saß nun kaum noch dreißig Zentimeter von ihrem zukünftigen Ex-Mann entfernt. Er sollte nicht eine solche Wirkung auf sie haben. Nur noch ein paar Stunden. Sie hatte es schon einmal getan, und sie würde es auch wieder schaffen. Zumindest hoffte sie das.

Als die Kellnerin an ihren Tisch kam, bestellte Gil ein Presidente-Bier.

„Ich hätte gern eine Margarita", sagte Pam.

„Frozen oder on the rocks?"

Sie benötigte ein paar Sekunden, um sich zu entscheiden. „Frozen bitte."

Weder sie noch Gil sagten etwas, während sie die Speisekarten studierten. Pam hätte sich problemlos entscheiden können, wenn sie in der Lage gewesen wäre, sich auf das Geschriebene zu konzentrieren statt auf den Mann neben ihr.

„Ich hab keinen großen Hunger." Gil legte die Karte auf den Tisch.

Pam tat es ihm gleich. „Ich hab auch nicht so viel Appetit, wie ich gedacht hatte. Eine Kleinigkeiten genügt. Vielleicht haben sie Nachos und Salsa?"

„Das ist mexikanisch. Ich habe Tostones entdeckt. Doppelt gebratene Kochbananen."

Pam nickte. „Etwas Salziges passt gut zur Margarita."

Gil lächelte sie an, und trotz des flauen Gefühls in ihrem Magen erwiderte sie sein Lächeln. Vielleicht könnten sie eines Tages wieder Freunde werden. Aber wenn sie ehrlich zu sich war, glaubte sie das selbst nicht.

Die Kellnerin kehrte mit ihren Getränken zurück.

„Wir haben keinen allzu großen Hunger. Vielleicht eine Portion Tostones?", sagte Gil, und die Kellnerin nickte. „Können Sie irgendeine andere Kleinigkeit empfehlen?"

„Pastelitos. Das ist mit Fleisch gefülltes Gebäck. Sehr lecker."

Gil nickte. „Das nehmen wir auch."

Der erste Schluck ihres gefrorenen Getränks kühlte ihre Kehle. Der Barkeeper hatte es in Bezug auf den Alkohol offenbar besonders gut gemeint. „Wow, das ist ziemlich stark."

Gil lachte und trank einen großen Schluck von seinem eiskalten Bier. „Nicht schlecht." Er nickte. „Überhaupt nicht schlecht." Die Kellnerin hatte das Bier empfohlen und ihm eine Flasche mit einer dünnen Eisschicht gebracht. Wer hätte gedacht, dass es in diesem Teil der Welt eine Kunst war, Bier zu servieren?

Pam trank einen weiteren Schluck. Und dann noch einen. Sie spürte bereits, dass sich ihre Nerven beruhigten. „Meinst du, die Unterlagen werden vielleicht frühzeitig finalisiert?"

„Nein." Gil spielte mit dem Aufkleber der Flasche. „Ich glaube nicht, dass hier irgendetwas schnell passiert."

Nun veränderte sich die Musik. Während soeben noch Latin-Hits gespielt worden waren, erklang nun amerikanische Popmusik. Die Touristen am anderen Ende des Raumes betraten die Tanzfläche.

Pam nippte an ihrem Bier und beobachtete besonders ein Paar. Es waren die einzigen Leute, die einander eng umschlungen hielten. Sie beschrieben mühelose Kreise auf der Tanzfläche und bewegten sich, als wären sie miteinander eins geworden.

„Sie sind ziemlich gut", merkte Gil an, der das gleiche Paar beobachtete.

„Sie tanzen bestimmt schon lange miteinander."

Gil hielt ihr seine Hand hin. „Willst du auch?"

Ob sie Lust hatte oder nicht, spielte keine Rolle, denn ehe sie logisch darüber nachgedacht hatte, ob es sinnvoll wäre, sich öffentlich in Gils Armen zu zeigen, hatte sie ihre Hand in seine gelegt und stand auf.

„Ich gebe auf deinen Sonnenbrand Acht."

Irgendwie hatte sie es geschafft zu vergessen, dass sie sich erst gestern verbrannt hatte. „Es ist schon viel besser, dank der Wundercreme."

„Das freut mich." Er schaute sie an, und sie vergaß beinahe, sich zu bewegen.

Er hielt ihre Hand, während sie auf die Tanzfläche gingen.

Als er seine Arme um sie schlang, vergaß Pam, was in der Vergangenheit geschehen war, und erlaubte sich, so zu tun, als wäre alles so, wie es sein sollte. Zusammen wiegten sie sich zur Musik und drehten sich im Kreis, als ob sie auch schon seit Jahren miteinander tanzten.

Gil wirbelte sie herum und zog sie wieder zu sich heran.

Pam kicherte.

Gil schenkte ihr ein strahlendes Lächeln, bei dem sich ihr Herz zusammenzog.

Das nächste Lied war ein wenig schneller, und er ließ ihre Taille los, hielt aber weiterhin ihre Hand. Sie drehten sich, ohne ihre Verbindung zu unterbrechen, denn keiner von beiden wollte den Körperkontakt aufgeben. Ein weiteres schnelles Lied folgte, und unter anderen Umständen wäre Pam nun zu ihrem Platz zurückgegangen, um sich zu erholen, aber das hier war etwas Besonderes. Gil und sie hatten eine letzte Chance, einander zu spüren.

Ein Tourbus fuhr vor dem Restaurant vor, und als die Touristen hereinstürmten, verkrampfte sie sich in einem Anflug von Panik.

„Locker bleiben, Rotschopf. Das ist nur ein Partybus."

Die neu Eingetroffenen wirkten tatsächlich so, als hätten sie schon vor dem Mittagessen etwas getrunken.

„Sie werden am Hotel abgeholt und von Bar zu Bar gefahren."

„Woher weißt du das?"

Er grinste sie an. „Ich glaube, so etwas gibt es auf jeder Insel."

„Oh." Ihr fiel ein, dass Gil wahrscheinlich mehr von der Welt gesehen hatte als der Dorfjunge, den sie damals geheiratet hatte. „Machst du oft Urlaub hier?"

Er schüttelte den Kopf. „Geschäftlich bin ich häufig in Südamerika. Ich war erst ein- oder zweimal im Urlaub auf einer Insel."

Sie nutzte ihre Urlaubstage meist, um auszumisten oder Großeinkäufe zu machen. Selbst auf ihren Hochzeitsreisen war sie in amerikanischen Resorts gewesen. Außer natürlich damals in Vegas.

Als Nächstes erklang eine langsame Ballade auf Spanisch.

Gil zog sie wieder in seine Arme, und sie schmiegte sich an ihn, ohne zu zögern. Ihr Puls raste, und sie spürte, dass auch sein Herz schnell schlug. Alles in ihr pulsierte, und beinahe wünschte sie sich, es gäbe Hotels in der Gegend, die Zimmer stundenweise vermieteten. Jede Faser ihres Körpers schien sie zu warnen und *Gefahr* zu rufen, und dennoch fühlte sie sich wie im siebten Himmel.

Mittlerweile bewegten sie sich sinnlich und im Einklang miteinander.

Nicht in der Lage, der Versuchung zu widerstehen, hob sie den Kopf und sah ihm in die Augen. Die Begierde, die sie in seinem Blick sah, raubte ihr den Atem.

„Gil", hauchte sie, ehe sein Mund auf ihren traf.

Der Tourbus verließ den riesigen Parkplatz und fuhr auf die Straße.

Nancy hielt stolz ihren handbemalten Teller hoch. „Ich kann nicht glauben, wie günstig er war."

Angie hatte im Gefühl, dass der Teller noch preiswerter gewesen wäre, wenn sie nicht aus einem Tourbus gestiegen wären.

„Hast du auch was gekauft?", fragte Mary Jane, die Frau aus Peoria.

Angie schüttelte den Kopf. Unnötige Dinge zu kaufen, konnte sie sich nicht leisten.

Nancy und Mary Jane holten eifrig ihre Einkäufe hervor. Einen traditionellen Kaffeebecher, einen kleinen Korb. Nancy strahlte, als sie eine Silberkette mit blauem Anhänger hochhielt.

„Ach, wie hübsch", schwärmte Mary Jane. „Ich habe auch mit dem Gedanken gespielt, eine zu kaufen, doch hab dann beschlossen, dass ich warte, was wir in Santo Domingo finden."

Die bloße Erwähnung der Hauptstadt ließ Angie einen Schauer über den Rücken laufen. Sie wusste, dass das Gerichtsgebäude keine Touristenattraktion war, und dennoch machte es sie nervös, dass das Paar, das seine Silberhochzeit feierte, und das bald geschiedene Paar in derselben Stadt sein würden.

Der Lautsprecher knackte. „Unser nächster Halt ist das Alcazar de Colon oder der Colombus Alcazar, erbaut vom Sohn von Christoph Kolumbus. Danach halten wir zum Mittagessen in einem beliebten Restaurant in der Zona Colonial von Santo Domingo."

Wieder zwang sich Angie zu einem Lächeln, lehnte sich dann zurück und schloss die Augen. Langsam holte sie der Stress dieser Woche ein. Santo Domingo war kein kleiner Ort, es gab unzählige Lokale, in denen man zu Mittag essen konnte. Sie machte sich unnötige Sorgen. Die Wahrscheinlichkeit, dass sie Pam und Gil begegneten, war gering. Dennoch würde sie es heute Nancy gleichtun und schon zum Mittagessen etwas trinken.

# KAPITEL 18

igentlich sollte es ein ungeschriebenes Gesetz
sein, dass ein Mann eine Frau, von der er sich in
den nächsten Stunden scheiden lassen würde,
nicht leidenschaftlich küssen sollte. Doch an eine
solche Regel hätte Gil sich ohnehin nicht halten
können. Nun, da seine Hochzeit nicht stattfinden
würde, hätte er ihren Lippen nicht widerstehen können.
Er wusste nur nicht recht, ob er sich darüber ärgern
oder freuen sollte, dass sie an einem öffentlichen Ort
waren und nicht weitergehen konnten.

Pam entzog ihm ihre Hand und legte ihre Arme um
seinen Hals, um ihn näher zu sicher heranzuziehen und
den Kuss zu vertiefen. Während sie sich sanft zu dem
langsamen Lied bewegten, schmiegte sie all ihre
weichen Kurven an seinen harten Körper. Hätte er nicht
die nötige Selbstbeherrschung gehabt, um sich jetzt von
ihr zu lösen, wären sie möglicherweise verhaftet
worden.

„Einige Dinge verlernt man wohl nie", murmelte
sie an seinem Mund.

Und das stimmte. Seit dem ersten Abend auf dem
Schiff, als er sie in der Lounge gesehen hatte, waren
alle Erinnerungen zurückgekehrt, und er erinnerte sich
an jedes Detail aus ihrer gemeinsamen Vergangenheit.
Er konnte nichts gegen die Gefühle tun, die über ihn
hereinbrachen. Er musste die Sache zwischen ihnen
beenden. Er war Single, aber Pam war das nicht.

Selbst vor dem Gespräch mit Karen hatte er gewusst, dass ein Ehemann ihr mehr geben sollte, als er es konnte. Und Pam wusste es auch. Er hoffte nur, dass Leo sie genauso lieben würde, wie er es tat.

Sein Herz zog sich zusammen, und ihm blieb die Luft weg. Lieber Himmel. Nach all den Jahren war er immer noch in Pam verliebt.

Er lächelte. „Ich schätze, wir müssen aufhören, uns zu treffen."

Pam verkrampfte sich in seinen Armen. Sie seufzte schwer, küsste seinen Mundwinkel und trat einen Schritt zurück, um ihr Kinn zu heben und ihre Schultern zu straffen. Er konnte erkennen, dass sie an den morgigen Tag und ihre Pläne dachte.

Sie sah ihn eindringlich an. „Ich glaube nicht, dass das ein Problem sein wird."

Gil stand wie angewurzelt da und sah zu, wie Pam zurück zum Tisch ging, wo die Kellnerin gerade ihr Essen servierte. Sein Herz wurde schwer. Morgen würde sie einen anderen Mann heiraten. Wie konnte er nur tatenlos zusehen und sie noch einmal verlieren?

Das nächste Lied war eine schnellere karibische Nummer mit Gitarren, Trommeln und Maracas, deren Klang weitere Touristen auf die Tanzfläche lockte. Gil hörte Fingerschnippen, Gelächter und das Zurückschieben von Stühlen.

Eine Reihe lachender Gesichter kam an ihm vorbei.

Ein Mann ergriff die Hand einer jungen Frau und wirbelte sie herum. Sie lachte und verlor fast das Gleichgewicht.

Hinter den beiden sah Gil Pam, die kurz vor dem Tisch stehen geblieben war. Ehe er sie einholen konnte, griff der tanzende Mann nach ihrer Hand und wirbelte auch sie herum.

Pams Miene wirkte panisch. Sie rührte sich kein Stück.

Der Mann, dem ihr Desinteresse offenbar entging, bewegte seine Schultern vor und zurück, umfasste Pams Taille und machte ein paar Tanzschritte, bevor er übertrieben in die Knie ging, scheinbar um ihr zu zeigen, wie man zu der Musik tanzte.

Gil machte einen Satz nach vorn. Selbst wenn es nur noch für ein paar Stunden sein würde, derzeit war er noch immer mit Pam verheiratet, und er würde sie beschützen.

Die zierliche Frau, die sich einen Moment zuvor von ihrem Partner gelöst hatte, schien es sich anders zu überlegen, denn sie ging geradewegs auf Pam und ihren Freund zu. Ihrem Stirnrunzeln und den fest aufeinandergepressten Lippen nach zu urteilen, war sie alles andere als glücklich.

„Marta", rief ein anderer Mann und ergriff ihre Hand, um sie zu sich heranzuziehen, woraufhin die beiden sofort zu tanzen begannen. Was auch immer ihre Mission gewesen war, sie schien sie vergessen zu haben.

Ein anderes Paar schob sich in sein Blickfeld. Gerade als er bei Pam ankam, bereit um sie vor dem Fremden zu retten, änderte sich die Musik und ein noch schnelleres Lied setzte ein.

Die Menge begann zu jubeln, und ehe er sich versah, wurde Pam von einem anderen Mann herumgewirbelt. Gil stand plötzlich einer großen schlanken Frau gegenüber, die ihre Hüften kreisen ließ und ihre Schultern auf und ab bewegte.

Als er einen kurzen Blick in Pams Richtung warf, sah auch sie ihn an. In ihren Augen lag weder Angst noch Schrecken, sondern ausschließlich Belustigung. Wie auf Kommando brachen sie beide in Gelächter aus. Offenbar hatte Pam beschlossen, dass sie genauso gut mitfeiern konnten.

Nach der Salsa-Musik wurde Merengue gespielt.

Pam und Gil tanzten mit der freundlichen Gruppe und bekamen Komplimente wie „Ziemlich gut für Amerikaner".

Gil hatte mit dem Gedanken gespielt, sich zum Essen an den Tisch zu setzen, aber vielleicht war es besser, seine Energie in Tanz umzulenken, bevor er noch auf unvernünftige Ideen kam. Außerdem hatte er so Zeit zum Nachdenken. Seine Chance, die Tanzfläche zu verlassen, war gekommen, als ein argentinischer Tango gespielt wurde.

Wieder jubelte die Menge laut, als ein Paar sich in die Mitte drängte. Sie tanzten ausgesprochen gut zusammen.

Gil war beeindruckt, aber er war bereit für ein weiteres Bier und ein wenig Essen. Außerdem musste er mit Pam reden. *Richtig* reden.

Er bahnte sich einen Weg an der Menge vorbei und stellte sich neben die Frau, die in ein paar Stunden seinen Ex-Frau sein würde. „Ich brauche eine Pause."

Pam lächelte ihn an. „Die hab ich schon vor einer Viertelstunde gebraucht."

Als sie wieder zusammen an dem großen Tisch saßen, fühlte es sich an, als wären sie meilenweit von der feiernden Menge entfernt.

Ehe er seine wirren Gedanken ordnen und etwas sagen konnte, löste Pam ihren Bick vom Tisch und betrachtete die Tanzenden. Sie stieß erschöpft den Atem aus und fragte: „Hast du rausgefunden, was das für eine Party ist?"

Er nickte und war sich nicht sicher, ob er erleichtert oder besorgt darüber war, dass sie ein so unverfängliches Thema angeschnitten hatte. „Gloria und Juan feiern ihre Silberhochzeit. Das ist das Paar, das gerade Tango tanzt."

Pam schaute wieder die beiden Tänzer an, die von ihren jubelnden und applaudierenden Freunden umgeben waren. „Das ist das Paar, das vorhin schon so gut getanzt hat."

„Ja." Gil folgte ihrem Blick. „Es wird schon seit zwei Tagen gefeiert."

Sie schaute ihn an. „Seit zwei Tagen?"

„Ihre Freunde sind aus ganz Zentral- und Südamerika angereist. Soweit ich weiß, fahren die Partybusse normalerweise nur abends, aber der Besitzer des Unternehmens ist ein Freund des Paares, also konnten sie schon früher beginnen."

„Sie werden noch vor dem Abendessen vollkommen betrunken sein." Pam nahm sich ein Stück Kochbanane.

Gil schüttelte den Kopf. „Nicht wenn sie mehr tanzen als trinken."

„Du könntest recht haben." Sie nahm einen Bissen, wandte den Blick aber nicht von dem Paar ab, das mittlerweile zu einem anderen Tanz übergegangen war. „Mir war nicht bewusst, wie wichtig Musik für die Menschen hier ist." Pam sah zu, wie sich die anderen auch wieder auf die Tanzfläche begaben, und lächelte. „Sie tanzen wahrscheinlich noch, bis die Gäste wieder nach Hause fliegen. Ich finde es toll."

„Das Tanzen oder die Freunde?"

„Alles. Fünfundzwanzig Jahre verheiratet zu sein und so viele Freunde zu haben, die mit einem feiern wollen und bereit sind, aus anderen Orten anzureisen, um zusammen zu lachen und zu tanzen."

„Ganz anders als die Partys zu Hause, auf denen die Frauen in einem Raum sitzen und die Männer in einem anderen Zimmer fernsehen."

„Sport." Pam nickte.

Eine der Frauen, mit denen Gil vorhin getanzt hatte, drängte sich an den anderen vorbei und kam zu ihrem Tisch. Grinsend reichte sie Gil ihre Hand. „Komm. Du kannst dich später noch genug ausruhen.

Jetzt tanzen wir. Und Sie auch, Señora."

Pam hob ihre Hand. „Danke, aber ich muss erst ein wenig essen." Sie stach mit der Gabel in einen Pastelito.

Gil fragte sich, ob sie auch nach den richtigen Worten suchte, um über das zu sprechen, was wichtig war, statt über andere Paare und Tänze. „Gib uns ein paar Minuten, dann machen wir wieder mit", sagte er zu der freundlichen Frau.

Kopfschüttelnd, aber immer noch lächelnd, zuckte die Frau mit den Schultern. „Vergiss nicht, was ich dir gesagt habe."

Pam schaute der Frau hinterher, bis sie außer Hörweite war. „Was hat sie dir gesagt?"

„Nicht viel. Es war viel zu laut auf der Tanzfläche." Er zuckte mit den Schultern. „Aber sie hat gesagt, dass wir nur ein Leben haben."

Pam ließ sich auf der Bank zurücksinken, während sie wieder die Frau anschaute, und legte nickend ihre Gabel ab.

Gil hatte nicht vor, ihr zu verraten, was die Frau noch gesagt hatte. *Es bringt nichts, kostbare Zeit damit zu verbringen, etwas zu bereuen.* Angesichts ihres eindringlichen Blickes hatte Gil sich gefragt, ob die Frau aus irgendeinem Grund seine und Pams Geschichte kannte. Besonders als sie hinzugefügt hatte: *Und eine zweite Chance sollte man nicht verstreichen lassen.*

„Wow, hier ist richtig was los." Michelle folgte der Menge in den Nebenraum, der für die Tourgruppe vorbereitet worden war. „Sieht eher aus wie ein Club als wie ein Restaurant."

„Selbst Clubs sind zur Mittagszeit in den USA nicht geöffnet", erwiderte Nancy.

Angie betrachtete die Menge und grinste. „Ich finde es toll."

„Pam hätte hier ihren Spaß gehabt." Leo schaute sich im Raum um.

Stühle wurden auf dem Betonboden herumgeschoben, und die Geräusche vermischten sich mit klapperndem Besteck, als die Gruppe aus dem Bus hereinströmte und sich zum Essen niederließ.

„Ich hoffe, hier gibt es gutes Essen." George studierte die Speisekarte.

Kirk tat es ihm gleich. „Der Fahrer hat erzählt, dass die Einheimischen gern hier essen. Das ist immer ein gutes Zeichen."

„Wie bei einem Truck Stop", fügte Angie hinzu.

„Exakt." Leo legte die Speisekarte ab und seufzte. „Ich glaube, ich rufe Pam an und frage sie, wie es ihr geht."

„Nein!", erklangen gleich mehrere Stimmen am Tisch.

„Ich meine", sagte Michelle eilig, „du willst sie doch nicht stören, falls sie gerade schläft."

Nancy zuckte mit den Schultern. „Ich bin mir sicher, es geht ihr gut. Wer mich mehr interessiert, ist ihr Freund Gil."

Angie schaute Michelle an, und in ihren Augen war ein Anflug von Panik zu erkennen. Schnell wechselte sie das Thema. „Hat die Kellnerin nicht etwas von einem Heavenly Haze erwähnt? Damit fange ich, glaube ich, an."

„Trinkst du sonst nicht immer Cola Light?", fragte Michelle.

Angie zuckte mit den Schultern. „Ich hatte einen langen Vormittag. Der Drink klingt interessant."

„Gute Idee." Nancy nickte in Angies Richtung und

wandte sich dann wieder Michelle zu. „Denk doch mal darüber nach. Wer macht denn eine Kreuzfahrt, um Bankgeschäfte zu erledigen?"

*So viel zum Themenwechsel …*

„Investitionen", korrigierte George.

„Das ist doch das Gleiche." Nancy winkte ab. „Vielleicht ist Gil bei der Mafia und betreibt Geldwäsche."

„Er wirkt so nett." Mary Jane aus Peoria verzog das Gesicht. „Ich meine, ich bin mir sicher, dass er etwas Legales tut."

„Da bin ich mir nicht so sicher." Nancy beugte sich vor und schaute die einzige Person am Tisch an, die an ihrer Theorie interessiert war. „Er trifft sich nie mit irgendwelchen Kunden, aber das Schiff legt in den Bahamas und in Grand Cayman an. Zwei ausgezeichnete Orte, um illegales Geld anzulegen."

George schüttelte den Kopf. „Du hast zu viel Fantasie."

„Das finde ich nicht." Nancy lehnte sich auf ihrem Stuhl zurück.

„Vielleicht", Mary Jane sprach leiser, „ist er bei der CIA. Die tun doch ständig geheime Dinge."

„Niemand hat behauptet, dass Gil geheime Dinge tut." Leo warf seiner Schwägerin einen scharfen Blick zu.

„Was ist mit deiner Verlobten?", fragte Nancy.

Angie fragte sich, ob Nancy nun alle irgendeines Verbrechens verdächtigte.

Leo verspannte sich sichtlich. „Was soll mit ihr sein?"

„Erzähl mir nicht, dass dir nicht aufgefallen ist, dass die beiden ziemlich vertraut für alte Freunde wirken."

„Die meisten alten Freunde wirken vertraut." Kirk winkte der Kellnerin.

Michelle war erleichtert über diese Bemerkung.

„Die beiden Bezeichnungen gehen sozusagen miteinander einher", fuhr Kirk fort.

„Exakt." Leo wirkte erleichtert über diese neue Sichtweise.

„Ach, liebe Güte, Nancy. Wenn wir über Vertrautheit diskutieren wollen, könnte ich behaupten, dass du mit Gil auch ziemlich vertraut aussahst, als ihr am ersten Tag an Deck miteinander getanzt habt." George seufzte. „Lass uns nicht unnötig Dinge in etwas hineininterpretieren."

„Das ist doch etwas ganz anderes. Ich bin immer noch der Ansicht, dass man sich nicht zwei Wochen lang auf Kreuzfahrt in der Karibik begibt, um Geschäfte zu erledigen."

„Investitionen", riefen George, Kirk und Leo gleichzeitig.

„Nun." Nancy schnaubte.

„Vielleicht ist er ein Undercover-Agent beim FBI." Mary Jane grinste, zufrieden über ihre Idee.

„Nein." Nancy schüttelte den Kopf. „Das FBI ist national. Die CIA ist international."

„Oh." Mary Jane strahlte. „Vielleicht ist er einer von diesen Soldaten. Ihr wisst schon, die sich unters Volk mischen, um die Menschheit vor Terroristen zu beschützen."

Diesmal sahen alle am Tisch Mary Jane an. Selbst Nancy wirkte überrascht angesichts der absurden Vermutung, dass Gil einem militärischen Sonderkommando angehören könnte.

Kirk unterbrach. „Ich finde, wir sollten bestellen."

„Das Pulled Pork sieht köstlich aus." Michelle lächelte.

Angie nickte. „Ich glaube, das probiere ich auch. Und einen Heavenly Haze."

„Ich nehme Arroz con pollo", verkündete Leo.

„Hmm. Hühnerfleisch mit Reis. Das nehme ich auch." Nancy klappte die Karte zu und schaute Leo an. „Und was ist mit Gils Verlobter? Wer unternimmt eine Geschäftsreise in die Karibik, ohne seine Verlobte mitzunehmen?"

Angie hätte beinahe laut geächzt. Diese Frau ließ einfach nicht locker. Jemand musste ihr einen Drink bestellen. Einen starken – und zwar schnell.

# KAPITEL 19

„**I**hr beide tanzt immer noch nicht?“ Die kleine Frau von vorhin stand wieder am Tisch und schüttelte den Kopf.

Die Musik war schnell. Es gab also keinen Grund, Pam in seinen Armen zu halten, und er lief nicht Gefahr, von seinen Gefühlen übermannt zu werden. „Was meinst du?“

Das Zögern in ihrem Blick brachte ihn beinahe dazu zurückzurudern. Wem machte er etwas vor? Er spielte mit dem Feuer. Die gesamte Situation war brenzlig, aber er konnte einfach nicht anders.

Gerade, als er sein Angebot zurücknehmen wollte, lächelte sie und sagte Ja.

„Gut. Gut.“ Die Frau klatschte über ihrem Kopf wie eine Flamenco-Tänzerin in die Hände. „*Viva la musica.* Lang lebe die Musik.“

Die Frau lockerte die Stimmung, die seit ihrem Kuss auf der Tanzfläche angespannt war. Mit jeder Drehung, jedem Lächeln und jedem Blick in Pams Richtung wusste Gil, dass er dabei war, den größten Fehler seines Lebens zu begehen. Was er aber immer noch nicht wusste, war, wie er sich selbst davon abhalten sollte.

Pam hielt es nicht mehr länger aus. Dass er ihre Hand hielt, machte sie verrückt. Sie wollte mehr als einen Tanz. Mehr als eine Stunde in einem Hotel. Sie wollte alles, und das verfluchte Schicksal schien sie zu verspotten, da all das, was sie sich wünschte, zum Greifen nah und dennoch unerreichbar zu sein schien.

„Señor, señora." Der Taxifahrer kam zu ihnen und unterhielt sich kurz mit Gil auf Spanisch.

Er ließ ihre Hand los. „Wir können die Unterlagen abholen."

„Aber es ist doch noch nicht zwei Uhr."

Er zuckte mit den Schultern und konnte sich nicht zu einem Lächeln durchringen. „Ich schätze, wir haben Glück.

„Ja, wir haben Glück." Das, was sie vorhin gegessen hatte, lag ihr auf einmal schwer im Magen. „Habe ich noch Zeit, vorher auf die Toilette zu gehen?"

„Ja. Ich bezahle die Rechnung."

Pam nickte und schaute sich nach einem Schild um.

„Dort drüben." Gil deutete auf das Schild am anderen Ende des Raumes mit einem Pfeil und der Aufschrift *Damas*.

„Ich bin gleich wieder zurück." Es dauerte einen Moment, bis sie losging.

Er lächelte angespannt. „Ich warte hier."

Sie lief langsam durch das Restaurant. Wenn sie sich Zeit nahm, könnte sie noch länger in diesem Moment verweilen – mit Gil. Doch das Unausweichliche ließ sich nicht umgehen. Dennoch konnte sie sich nicht dazu bewegen, schneller zu gehen. Als sie sich der Tür zur Damentoilette näherte, hörte sie ein paar Frauen lachen, was nichts Ungewöhnliches war. Die Gruppe aus dem Partybus hatte die ganze Zeit laut gelacht.

„Ich kann nicht glauben, dass sie das gesagt hat." Eine vertraute Stimme drang durch die offene Tür.

Das konnte nicht sein. Pam rutschte das Herz in die Hose. „Michelle!"

„Pam!", rief ihre Freundin.

„Heilige ..." Pam schlug die Tür hinter sich zu. „Was machst du hier?"

„Der Bus hat uns hierhergefahren. Was machst *du* hier?"

„Offenbar ist das eine Location, die auch Taxifahrern bekannt ist."

Angie stützte sich auf das Waschbecken und drehte sich langsam zu ihrer Freundin um. „Pammy", sang sie förmlich.

Pammy? Sie schaute von Angie zu Michelle. „Was ist mit ihr passiert?"

„Ich glaube, wir haben unterschätzt, wie stark der Heavenly Haze ist."

Angie straffte die Schultern und grinste, wobei sie beide Hände hob, um zu winken.

Pam, die überrascht darüber war, wie betrunken ihre Freundin war, schaute nun wieder Michelle an. „Wie viele hat sie getrunken?"

„Drei", erwiderte Michelle. „Angie musste mit Nancy mithalten."

„Vier." Angie hielt fünf Finger hoch.

Pam schaute ihre Freundin an, die grinste wie eine Comicfigur. Sie wusste nicht, wo sie beginnen sollte. Schließlich wandte sie sich Michelle zu und deutete mit dem Finger auf Angie. „Warum wollte sie mit Nancy mithalten?"

„Weil unsere liebe Freundin, die Frau deines zukünftigen Schwagers, herausposaunt hat, dass zwischen dir und Gil irgendwas läuft."

„Verdammt." Pam schlug sich eine Hand vor den Mund.

„Ach, mach dir keine Gedanken." Michelle warf ein Papiertuch in den Mülleimer und griff nach einem neuen. „Sie glaubt auch, dass Gil bei der CIA ist.“

„Was?“ Pam musste sich verhört haben. Michelle konnte doch nicht wirklich glauben, dass Gil bei der CIA war.

„Oder beim FBI“, fügte Michelle hinzu.

„Das“, entgegnete Angie grinsend und hicksend, „war Mary Jane.“

„Ach ja.“ Michelle hielt das saubere Papier unter Wasser. „Nancy verdächtigt Gil außerdem der Geldwäsche.“

„Meine Güte.“ Pam lehnte sich an das Waschbecken. „Ich glaube, ich brauche einen Drink.“

„Nicht du auch noch.“ Michelle reichte Angie das nasse Papiertaschentuch und wartete darauf, dass sie sich vorbeugte, damit sie ihr den Nacken abtupfen konnte. „So viele betrunkene Freundinnen auf einmal kann ich nicht ertragen.“

„Du musst dich nicht um mich kümmern. Gil und ich wollten gerade gehen. Ich nehme an, niemand hat uns entdeckt?“

Michelle schüttelte den Kopf, und Angie blickte auf. „Hi Pammy“, murmelte sie, als hätte sie ihre Freundin erst gerade bemerkt.

„Ich hätte sie wirklich nach dem ersten Drink aufhalten müssen.“ Michelle verdrehte die Augen, half ihrer Freundin dabei, sich aufzurichten, und schenkte Pam ein zufriedenes Lächeln. „Aber Nancy wird morgen einen Kater haben.“

Pam schüttelte fassungslos den Kopf. „Geht wieder zu den anderen und sorgt dafür, dass sich Leo nicht auf der Tanzfläche umschaut.“

„Tanzfläche?“, fragte Michelle.

„Das kann ich dir im Moment nicht erklären. Gil und ich fahren jetzt schnell. Ihr geht zuerst.“

Eine Minute später schob Pam Michelle und Angie zur Tür hinaus und wartete ein wenig, ehe sie auch hinaustrat.

„Leeeo!", rief Angie fröhlich.

Michelle blieb abrupt stehen. Zu ihrer Linken stand Pams Ex und zu ihrer Rechten ihr verwirrter Verlobter.

„Ich wollte gerade nachsehen, ob es euch gut geht. Angie sah ein wenig grün um die Nasenspitze aus", erklärte Leo Gil. „Ich dachte, du arbeitest heute auf dem Schiff?"

„Ja, nun …" Gil schenkte ihm ein entwaffnendes Lächeln. „Wie sich herausgestellt hat, musste ich mich um ein paar Dinge hier in der Stadt kümmern."

„Ich verstehe." Leo verlagerte mit gerunzelter Stirn sein Gewicht auf den anderen Fuß.

„Seid ihr geschieden?", fragte Angie fröhlich.

Gil und Leo drehten sich um und starrten sie an.

Pam erkannte den Moment, in dem Leo sie entdeckte. Die Verwirrung in seinem Gesicht wich Verständnis. Nicht dass er die ganze Sache in Wirklichkeit hätte verstehen können.

„Was ist hier los?" Nancy trat an Leos Seite, und als sie die anderen ansah, weiteten sich ihre Augen. „Oh! Hallo Gil."

Das breite Grinsen, dass sich auf Nancys Gesicht ausbreitete, bestätigte Pams Verdacht. Sie war vollkommen betrunken.

„Hey, warte auf mich", rief Mary Jane aus Peoria ihrer neuen Freundin zu und kam taumelnd neben ihr zum Stehen. Offenbar hatte sie auch ein oder zwei Heavenly Haze getrunken.

„Bist du bei der CIA?", fragte Nancy immer noch grinsend.

Gil löste seinen Blick von Pam und schaute Nancy an. „Bin ich was?"

„Bei der CIA", wiederholte Nancy.

Gil schüttelte stumm den Kopf und sah Pam hilfesuchend an, doch auch sie wirkte so, als wüsste sie nicht, wovon Nancy sprach.

„Oder beim FBI?", fragte Mary Jane.

Nun schaute Gil die beiden angetrunkenen Frauen an. „Nein."

Nancy wirbelte zu Mary Jane herum und wedelte mit ihrem Arm durch die Luft. „Dann muss er Geldwäsche für die Mafia betreiben."

„Was?" Gil blieb der Mund offen stehen.

Wäre Pam nicht auf der Toilette von ihren Freundinnen vorgewarnt worden, wäre sie nicht in der Lage gewesen, dieser absurden Unterhaltung zu folgen.

„Er ist nicht bei der Mafia." Angie schüttelte den Kopf und hob schwankend einen Finger. „Er ist hier, um sich scheiden zu lassen."

„Um sich scheiden zu lassen?", fragte Leo. „Du hast doch gesagt, du bist verlobt."

„Komm mit, Angie." Michelle packte ihre Freundin am Arm. „Ich glaube, Kirk hat dich gerufen."

„Dich?" Angie drehte sich um, befreite sich aus Michelles griff und fiel beinahe vornüber.

Leo hob eine Hand, um Angie festzuhalten, und wandte sich dann wieder an Gil. „Du bist verheiratet?"

Angie grinste, streckte einen Arm aus und zeigte auf Pam. „Mit ihr."

„Oh nein." Michelle sprach die Worte aus, die Pam auch als Erstes in den Sinn gekommen waren.

Die Worte, die Pam *mittlerweile* dachte, waren weniger angemessen. Auf diese Weise hatte sie es Leo nicht sagen wollen. Sie legte eine Hand an seine Seite und schob ihn vorwärts. „Ich glaube, wir setzen uns besser."

„Ich stehe lieber." Leo sah nicht wütend aus, jedoch auch nicht gerade erfreut.

Gil schaute Pam an. Sie wusste, dass er nichts verraten würde, was ihr nicht recht war. Doch mittlerweile blieb ihr ohnehin nichts anderes übrig, als Leo die Wahrheit zu sagen. Sie blickte ihren Verlobten an und atmete tief durch. „Leo, Gil ist mein erster Ehemann."

„Siehst du?" Angie strahlte, noch immer wankend.

Nancy wirkte für einen Moment vollkommen perplex. „Dann bist du nicht bei der CIA?"

Gil schüttelte den Kopf.

Pam ignorierte die Frage. „Wir haben direkt nach der Highschool geheiratet. Als er auf dem College war, habe ich erkannt, dass eine Scheidung das Beste wäre."

„Obwohl es nicht das war, was ich wollte?" Gils Stimme war nur noch ein Flüstern, doch sein Tonfall klang hart und gequält.

Pam schaute ihn forschend an. Sie hatten noch nicht darüber gesprochen, was passiert war. Was seine Mom ihr erzählt hatte. Nicht damals und auch nicht heute. In seinen schönen blauen Augen spiegelten sich unzählige Emotionen wider. Doch sie war sich sicher, dass seine Worte aufrichtig gewesen waren. „Deine Mutter hat gesagt ..."

„Sie hat eine Menge Dinge gesagt."

Leo schien sie so eingehend zu mustern, wie er es vermutlich auch bei Personen im Zeugenstand tat. „Ich verstehe gar nichts mehr."

Pam stieß die Luft aus und drehte sich zu Leo um. „All die Jahre dachte ich, wir wären geschieden. Doch wie sich herausgestellt hat, hat irgendein Assistent Mist gebaut und wir sind immer noch verheiratet."

Leo nickte. „Ich verstehe."

Diesmal befürchtete Pam, dass er es tatsächlich verstand. „Wir hatten gehofft, dass wir uns vor der Hochzeit morgen noch schnell hier scheiden lassen könnten. Ich wollte nicht, dass du rausfindest, wie oft ich verheiratet war. Ich dachte … das wäre das Beste."

„Viermal", sagte Leo. Sie hätte sich denken können, dass er mehr über sie wusste, als er zugab.

Nancy drehte sich zu Gil um. „Dann betreibst du keine Geldwäsche für die Mafia?"

„Nein", antworteten alle.

„Schade. Ich kannte noch nie jemanden, der bei der Mafia ist." Nancy wandte sich an Mary Jane. „Komm, ich muss zur Toilette."

„Ich glaube, ich muss mich setzen." Angie trat auf der Stelle herum.

„Ja. Ich glaube, wir sollten uns alle setzen." Michelle hielt einen Moment inne, und als niemand Anstalten machte, sich in Bewegung zu setzen, hakte sie sich bei Angie ein. „Komm. Wir gehen zum Tisch."

Als nur noch sie drei standen, schaute Leo zwischen ihnen hin und her. „Und was passiert jetzt?"

Gil sah immer noch Pam an. „Die Scheidung ist rechtskräftig. Wir waren gerade auf dem Weg, um die Unterlagen abzuholen. Pam kann wieder heiraten."

„Hmm." Leo wandte sich Pam zu. „Stimmt das?"

Ihr Blick ruhte auf Gil, und sie konnte ihn nicht abwenden. In seinen Augen lagen so viel Sorge und Hoffnung. „Deine Mutter hat behauptet, du hättest eine Menge Spaß auf all den Partys und dass du wichtige Kontakte für die Zukunft knüpfst."

„Ich habe studiert und trainiert."

„Sie hat gesagt, ein Mädchen vom College sei die Frau, die dich im Leben weiterbringen würde. Und das hat auch die Hälfte der Frauen in Porterville immer wieder betont."

„Bisher bin ich gut ohne Ehefrau zurechtgekommen. Und die meisten Frauen in Porterville reden einfach gern über andere."

„Ich dachte, es würde dir schaden, mit mir verheiratet zu sein."

Sein Blick wurde weich. „*Nicht* mit dir verheiratet zu sein, hat mir geschadet."

Leo räusperte sich. „Ich muss zur Toilette. Aber nur, damit ihr Bescheid wisst, eine Scheidung, die in der Dominikanischen Republik durchgeführt wurde, ist in vielen Staaten nicht rechtskräftig, auch nicht in Illinois." Und ohne ein weiteres Wort ging er davon.

„Du hast gehört, was er gesagt hat." Gil trat einen Schritt näher an sie heran.

„Du hast ja erwähnt, dass deine Anwälte auch noch dafür sorgen müssen, dass die Scheidung in Amerika rechtskräftig wird." Sie ging auf ihn zu.

„Ich habe mit Karen gesprochen. Sie hat die Hochzeit abgeblasen." Noch ein Schritt.

„Wirklich?" Pam nickte und machte einen weiteren Schritt nach vorn. „Das ist schön."

„Ich kann das nicht noch mal durchstehen", flüsterte er.

Diese Worte ließen Hoffnung in ihrer Brust aufkeimen.

„Ich will dich nicht verlieren. Es ist mir egal, was ich dafür tun muss. Du musst mir – uns – eine Chance geben." Er hatte sie noch nicht berührt, nur die Wärme seines Atems liebkoste zärtlich ihr Gesicht.

„Ich fände es auch nicht schön, dich zu verlieren. Nein", korrigierte sie sich. „Ich fände es schrecklich, dich zu verlieren."

Mehr bedurfte es nicht. Seine Lippen verschmolzen langsam mit ihren. Anders als der leidenschaftliche Kuss auf der Tanzfläche war dieser zärtliche Kuss voller Wärme, Liebe und einem Versprechen für die Zukunft.

Und sie hätte nichts dagegen gehabt, diese Zukunft damit zu verbringen, hier zu stehen und Gil Harris zu küssen.

Schließlich zog er sich zurück und ließ seine Stirn

an ihrer ruhen. „Ich liebe dich, Mrs Harris."

Sie konnte sich nicht von dem Lächeln abhalten, das ihre Mundwinkel umspielte. „Dann ist es wohl gut, dass ich dich auch liebe, Mr Harris."

# EPILOG

Die Wellen mit der weißen Gischt rollten mit betörender Präzision an den Sandstrand. Im Hochzeitspaket waren separate Zimmer für die Braut und den Bräutigam enthalten, beide mit einem Balkon und einem atemberaubenden Ausblick.

Die Glastür war geöffnet, und Angie hätte den ganzen Tag zum Wasser hinausblicken können. Aber sie war hier, um mit ihren besten Freundinnen ein ganz besonderes Fest zu begehen.

Sie wusste nicht, wie Pam und Michelle es angestellt hatten. Obwohl ein paar Jahre Altersunterschied zwischen ihnen lagen, hatten es beide geschafft, auf einem Kreuzfahrtschiff die große Liebe zu finden, wenn auch mit einem gehörigen Durcheinander.

Angie könnte so etwas einfach nicht ertragen. Sie hoffte, dass sie ihren Seelenverwandten an irgendeinem normalen Ort kennenlernen würde. Im Büro oder im Supermarkt vielleicht.

„Gleich ist es so weit." Pam löste den Blick von der Uhr auf dem Nachttisch und betrachtete sich im Spiegel. Sie fuhr mit den Händen an ihrem elfenbeinfarbenen trägerlosen, knöchellangen Kleid hinab – wahrscheinlich das schlichteste, farbloseste Kleidungsstück, das sie je getragen hatte. Sie lächelte zufrieden, was vollkommen berechtigt war, denn Pam sah einfach umwerfend aus. „Ich kann nicht glauben, wie nervös ich bin. Ich hab das noch nie gemacht."

Mit offenem Mund starrten Angie und Michelle Pam an.

„Du machst Witze", sagte Michelle. „Du hast schon viermal geheiratet."

„Ja, aber ich habe noch nie den gleichen Mann zum zweiten Mal geheiratet. Diesmal ist es für immer."

Michelle schaute zwischen Pam und Angie hin und her. „Okay, da gebe ich dir recht. Aber alles, was vor der Hochzeit passiert ist, war in diesem Fall nervenaufreibender."

„Na ja, du hättest dich auf dem Weg zum Altar fast übergeben ..." Angie lächelte ihre frühere Nachbarin an.

„Erinnere mich nicht daran." Michelle seufzte.

Pam berührte ihr gestyltes Haar, drehte sich im Kreis und nahm ihre beiden besten Freundinnen in die Arme. „Betrachtet die Sache positiv, niemand übergibt sich hier."

„Du siehst jedenfalls wunderschön aus." Emily gab Pam ihren Strauß.

Pam lächelte.

Angie hatte sie noch nie so glücklich gesehen. Das gab ihr Hoffnung. Vielleicht würde sie selbst eines Tages auch jemanden finden, der sie so strahlen ließ.

Nancy nickte. „Du bist wirklich eine wunderschöne Braut."

„Nun, da wir uns alle einig sind und niemandem sein Mittagessen hochkommt, ist es an der Zeit, zum Strand zu gehen." Als Trauzeugin bekam auch Michelle einen Strauß von Emily.

„So." Emily grinste zufrieden. „Ich sage den Männern Bescheid, dass wir bereit sind."

„Dann geh ich jetzt auf meinen Platz." Nancy zögerte einen Moment. „Und du siehst wirklich toll aus, auch wenn du nicht Leo heiratest."

„Danke", sagte Pam leise.

Das Letzte, womit Angie gerechnet hatte, war, dass Nancy ihr gegenüber auch ohne ein paar Drinks so freundlich und verständnisvoll sein würde. Aus irgendeinem Grund schien sie ihr keine Vorwürfe zu machen.

„Oh, schaut." Emily stand an der offenen Tür und deutete zu den Stühlen, die am Strand für die Trauung aufgestellt worden waren. „Da sind Taylor und sein Bruder."

„Ah, dann sind sie also gekommen." Pam stellte sich hinter die junge Frau und spähte über ihre Schulter.

Sie hatten ihre neuen Freunde vom Schiff eingeladen, auch das Paar aus Peoria.

„Wer ist das neben deinem Bruder?" Michelle schaute mit zusammengekniffenen Augen in die Ferne.

Nancy wich alle Farbe aus dem Gesicht, und Emilys Augen wurden groß. Irgendetwas stimmte nicht.

„Das ist die Freundin meines Sohnes."

„Komm schon, Mom. Ich muss den Männern Bescheid geben, dass wir fertig sind, und uns einen Platz sichern, bevor alle besetzt sind." Emily hakte sich bei ihrer Mutter ein.

Nancy löste den Blick von ihrem Sohn in der Ferne und schaute Pam an, die hinter ihr stand. Dann wandte sie sich an ihre Tochter. „Ich muss hingehen, oder?"

„Es wird schon nicht so schlimm, Mom. Das verspreche ich dir." Emily schob ihre Mutter vorwärts und schaute die Braut an, ehe sie von der Veranda in den Sand traten.

Angie blickte den beiden Frauen hinterher. „Was soll das Ganze?", murmelte sie.

Pam seufzte. „Nancy wird herausfinden, dass sie die Schwiegermutter der jungen Frau ist. Hoffentlich kann sie in der Hinsicht genauso viel Verständnis aufbringen wie für mich und Leo.“

„Ich hoffe, dass sie sich freuen wird“, fügte Michelle hinzu.

Angie schaute hinaus zum Strand und dachte an gestern zurück, als sie alle Pläne hatten ändern müssen, damit Pam und Gil heiraten konnten. Er hatte darauf bestanden, dass sie es richtig machten. Pam und die Frauen hatten nach einem perfekten Kleid gesucht, aber das Merkwürdigste war, dass Leo Gil begleitet hatte, um einen Ring zu kaufen. Der frühere zukünftige Bräutigam behauptete, er habe ganz besondere Verbindungen zur Schmuckbranche; und tatsächlich hatte ihnen eine Frau ein Tor geöffnet, das eher gewirkt hatte wie ein Loch in der Wand, und sie in einen privaten Raum geführt, wo Leo von einem stämmigen älteren Mann begrüßt worden war, als würden sie sich schon ihr ganzes Leben kennen. Gil hatte den Laden mit einem riesigen Diamantring aus Gibraltar verlassen, den er zu einem guten Preis erworben hatte.

Als sie später wieder auf dem Schiff angekommen waren, hatte Angie Leo nach dem Abendessen an Deck gesehen, wo er an der Reling gelehnt und den Sonnenuntergang beobachtet hatte. Als sie sich genähert hatte, hatte er ihr ein warmes Lächeln geschenkt. „Alles in Ordnung?“

„Das sollte ich dich fragen.“ Sie trat neben ihn und stützte die Arme auf der Reling ab. „Ich, äh … Ich möchte mich für vorhin entschuldigen.“

„Vorhin?“ Leo wandte sich ihr zu.

„Weil ich einfach so herausposaunt habe, dass Pam und Gil sich scheiden lassen.“

Mit zusammengepressten Lippen stieß Leo den Atem aus, zuckte mit den Schultern und lächelte resigniert. „Ich hab es kommen sehen. Nicht dass die beiden sich scheiden lassen wollen oder müssen, aber dass sie sich gut verstehen und ihre Verbindung wieder aufleben lassen."

„Du wusstest es?"

„Wer er war?" Leo zuckte erneut mit den Schultern. „Am Anfang nicht. Aber als ich gesehen habe, wie vertraut die beiden miteinander sind, habe ich ein paar Recherchen über Gil angestellt. Meine Kanzlei hat herausgefunden, dass er früher mit Pam verheiratet war."

„Oh."

Leo hob sein Kinn. „Nun schau nicht so traurig drein. Ich hab mir vielleicht sogar selbst etwas vorgemacht, aber das hat keine Rolle gespielt. Tief in meinem Inneren habe ich es ohnehin kommen sehen. Ich glaube, in gewisser Weise seit ich zum ersten Mal beobachtet habe, wie Pam ihn angeschaut hat. Außerdem habe ich es auch verdient, eine Frau zu finden, die mich wieder auf diese Art ansieht."

Wenn das Schicksal gerecht war, dann würde er tatsächlich bald wieder so eine Frau finden.

Er lächelte sie an und drückte sich von der Reling ab. „Ich glaube, wir sollten runtergehen, sonst kommen wir zu spät."

Gil hatte darauf bestanden, dass alle ihn und Pam am winzigen Strand in der Nähe des Hafens trafen.

Angie nickte und folgte Leo zum besagten Treffpunkt.

Im abendlichen Mondlicht kniete sich Gil vor allen Freunden und Fremden, die gekommen waren und zusahen, vor Pam hin. „Diesmal gebe ich dir mein Wort, dass ich es richtig mache. Willst du mich noch einmal heiraten, Pam?"

Er sagte noch ein paar andere leise Worte, die Angie nicht verstehen konnte, aber das Strahlen in den Augen der beiden Verliebten sagte mehr, als tausend Worte es jemals vermocht hätten.

Pam nickte ganz langsam, während ihr Freudentränen an den Wangen hinabliefen.

Gil steckte ihr den Ring an den Finger, und sie schlang die Arme um seinen Hals.

Der Kuss, der folgte, ließ alle Zuschauer verzaubert seufzen.

Am nächsten Morgen waren alle Hochzeitspläne erfolgreich geändert und angepasst worden. Leo war nicht mehr der Bräutigam, sondern ein Gast, und Kirk war nicht mehr Gast, sondern Trauzeuge.

Nun trug Angie hohe Schuhe, mit denen es sich wie ein Work-out anfühlte, im Sand zu gehen, und bahnte sich vor Michelle ihren Weg zu dem ausgerollten weißen Teppich und zu den wartenden Männer, die beim Trauredner standen, und stellte sich neben die anderen.

Als der Trauredner zu sprechen begann, betrachtete sie das Paar, das nun am Strand von St. Martin zum zweiten Mal heiratete. Für Leute, die vorbeikamen, musste es so wirken, als ob es ihre erste Hochzeit wäre. Sie blickten einander in die Augen, hielten sich an den Händen, und wenn Angie nicht gewusst hätte, dass sie tatsächlich derart verliebt ineinander waren, hätte sie vermutet, dass sie für ein Hochzeitsmagazin posierten. Und zum ersten Mal seit sehr langer Zeit war es genau das, was sie sich auch für sich selbst wünschte. Nicht das Durcheinander im Vorfeld, aber eine Verliebtheit, die einen verklärt grinsen ließ.

Ein paar weitere Worte, ein paar weitere Versprechen, und das glückliche Brautpaar durfte einander endlich küssen. Die wenigen versammelten Gäste jubelten und applaudierten, und sie sah zu, wie das Paar beinahe tanzend über den weißen Teppich zurückkam.

Die Musik aus dem CD-Player änderte sich nun. Der Trauzeuge und die Trauzeugin folgten den beiden strahlenden Frischverheirateten. Nachdem sie den weißen Teppich verlassen hatten, streckte Leo den Arm aus. „Das ist unser Einsatz. Bist du bereit, Angie?"

Sie betrachtete die versammelten Gäste auf beiden Seiten des Teppichs, die nun durch den Sand liefen, und freute sich unendlich, dass ihre Freundin ihr Glück gefunden hatte. Sie hatte so viel gelächelt, dass ihre Wangen beinahe schmerzten. Nun hakte sie sich bei Leo ein, hob den Strauß vor ihre Brust und setzte sich hinter den anderen in Bewegung. „Ich bin bereit."

# EXCERPT:

# FLITTERWOCHEN ZU VIERT

„Was du wirklich brauchst, ist ein Mann.“

Wenn Angie Cannon jedes Mal, wenn ihre Freundin Pam den Satz sagte, einen Dollar bekommen hätte, wäre sie inzwischen in der Lage gewesen, sich sämtliche Häuser ihres Straßenzugs zu leisten. „Ich weiß, dass du und Gil so glücklich seid wie der sprichwörtliche Fisch im Wasser, aber ich löse meine Probleme lieber selbst. Ein Mann ist nicht die Antwort.“

„Könnte er aber sein, wenn du den richtigen findest.“ Wenn es jemanden gab, den man auf dem Gebiet als Expertin hätte bezeichnen können, dann wäre das Pam gewesen. Die große, attraktive und immer farbenfroh angezogene rothaarige Schönheit hatte vor zwei Jahren ihre erste große Liebe, die gleichzeitig ihr erster Ehemann gewesen war, zum zweiten Mal geheiratet. Dazwischen hatte sie drei weitere Ehemänner und einen Verlobten gehabt, bevor sie schließlich ihr Glück fand.

„Was ich brauche, ist ein Mitbewohner. Das würde zumindest gegen die überraschenden Kosten helfen, die ständig anfallen.“ Nachdem ihre Spülmaschine im letzten kalten Winter vollkommen unerwartet den Geist aufgegeben hatte, hatte sie lange das Geschirr per Hand gespült, bis sie bereit gewesen war, den Preis für eine neue, sehr leise Maschine zu bezahlen. Damit zu warten, bis sie wieder genug Geld auf dem Konto hatte, um den Boiler zu ersetzen, war allerdings keine Option. Sie würde niemals ein Fan von kalten Duschen werden.

„Zu schade, dass ich keine Schwester habe. Dann könnte ich es wie die Ummarinos nebenan machen."

Pam zuckte mit den Schultern. „Du und deine Mom scheinen ziemlich viel Zeit miteinander zu verbringen, vor allem seit dein Dad gestorben ist. Ihr kommt besser miteinander klar als jedes andere Mutter-Tochter-Gespann, das ich kenne."

„Was wirklich nicht schwer ist. Mom war immer schon auch meine Freundin."

„Ich weiß. Und normalerweise würde ich niemals vorschlagen, dass deine Mutter bei dir einzieht, weil das deinem Lebensstil nicht zuträglich wäre; aber seit ich dich kenne, scheint das Aufregendste an diesem Lebensstil zu sein, lange aufzubleiben, um dir mit einer riesigen Schüssel gebuttertem Popcorn einen deiner Lieblingsfilme anzusehen. Würde deine Mom hier leben, hättest du zumindest jemanden, mit dem du dich unterhalten kannst."

Angie schüttelte den Kopf. „Das habe ich ihr schon mal angeboten, kurz nachdem Dad gestorben war. Sie wollte aber nichts davon hören." Abgesehen davon – was sie Pam jedoch garantiert nicht auf die Nase binden würde – klangen ihre Mutter und sie wie eine Schallplatte mit Sprung, wenn sie in eine Diskussion darüber gerieten, dass Angie mehr ausgehen, sich häufiger mit Leuten treffen, weniger arbeiten und überhaupt nicht so tun sollte, als wäre sie mit ihrem Job verheiratet. Obwohl sie selbst immer überzeugt gewesen war, dass ein Aufstieg auf der Karriereleiter wichtig war, um sich fürs Alter abzusichern. Sie hatte einfach nicht daran gedacht, wie schnell die Jahre vergehen würden oder wie viel schwieriger es mit jedem dieser Jahre werden würde, den perfekten Mann zu finden – falls es den überhaupt gab.

Die Klingel läutete im selben Moment, in dem der Türknauf gedreht und die schwere Haustür aus Holz aufgerissen wurde.

„Ich habe mit Onkel Tony geredet. Er ist bereit, dir den Familienrabatt zu geben. Es gibt wahrscheinlich nur einen winzigen Haken." Mina blieb abrupt stehen. Sie war Angies Nachbarin und die älteste der drei Schwestern, die das Haus nebenan gekauft hatten, das früher ihrer Freundin Michelle gehört hatte. „Oh, tut mir leid. Ich hätte nicht einfach reinplatzen sollen."

„Kein Problem, ich wusste ja, dass du zurückkommen würdest." Angie tat die Verlegenheit ihrer Nachbarin mit einer wegwerfenden Geste ab und deutete auf Pam. „Du erinnerst dich vielleicht an meine Freundin Pam."

„Klar." Mina streckte die Hand aus. „Dein Mann hat Angie geholfen, die Weihnachtsbeleuchtung anzubringen."

Pam nickte grinsend. „Nur *eine* Sache, in der er gut ist."

Angie hinderte sich in letzter Sekunde daran, den Kopf zu schütteln, verdrehte aber dennoch kurz die Augen.

Mina auf der anderen Seite schien Pams Anspielung kein bisschen aus dem Konzept zu bringen. „Was die anderen Dinge angeht, kann ich mir kein Urteil erlauben; aber selbst mein Vater war mit der Arbeit deines Mannes zufrieden. Und glaub mir, wenn ich sage, dass Vito Ummarino nicht gerade mit Komplimenten um sich schmeißt." Mina warf in einer übertriebenen Geste die Hand nach oben. „Außer natürlich, man kommt aus Italien, dann kann man absolut nichts falsch machen.“

„Wo wir gerade davon sprechen“, Pam hielt den riesigen Hummerkochtopf hoch und ging damit an Angie und ihrer Nachbarin vorbei, „ich sollte langsam zusehen, dass ich loskomme. Als ich zu Hause weg bin, haben mein Mann und seine Kumpel schon Hummer-rennen veranstaltet. Wahrscheinlich sind sie inzwischen auf halbem Weg nach Nebraska.“

„Lasst es euch schmecken.“ Angie umarmte ihre Freundin zum Abschied und schloss leise die Tür hinter ihr.

Mina hielt ihr ein Blatt Papier hin. „Das Schöne an einer großen italienischen Familie ist, dass es immer jemanden gibt, der Dinge reparieren kann. Leider hängen andererseits auch dann immer Verwandte bei einem rum, wenn nichts kaputt ist.“

„Vielen Dank. Ich habe mich so darauf kon-zentriert, das Haus vorzeitig abzuzahlen, dass ich nicht genug Geld für mehrere aufeinanderfolgende Pannen zurückgelegt habe.“

„Hm.“ Mina biss sich auf die Unterlippe. „Ich sollte dich allerdings warnen.“

Angie sah von dem Blatt Papier in ihrer Hand auf.

„Onkel Vito ist ein sehr guter Klempner. Für ihn ist Angela ein italienischer Name, wodurch du für seine Begriffe zur Familie zählst.“

„Ich habe das Gefühl, das gleich ein ‚Aber‘ folgt.“

„Eher eine kleine Vorwarnung. Mein Cousin Giovanni ist Single und glücklich damit, aber mein Onkel Vito glaubt nicht an so was wie glückliche Singles. Deswegen wird er vielleicht einen kleinen … Verkupplungsversuch starten.“

„Wie klein?“

Mina zuckte mit den Schultern. „Könnte so ziem-lich alles sein von meinen Cousin, den Buchhalter, dazu überreden, seinem Vater bei der Installation des

Boilers zu helfen, bis hin zu einer Einladung zum Sonntagsessen.“

„Das klingt doch gar nicht so schlimm.“ Trotzdem machte sie Minas Gesichtsausdruck nervös.

„Erinnerst du dich an den Film *My Big Fat Greek Wedding*?“

„Tut das nicht so ziemlich jeder?“

„Na ja“, Mina zuckte wieder mit den Schultern, „das ist quasi meine Familie, nur dass wir Italiener sind. Wenn es dir nichts ausmacht, dass sie es sich ab und zu in deinem Leben bequem machen, und du die Tatsache ignorieren kannst, dass alle neugierig sind und ständig auf dich einreden werden. Der Rabatt sollte es auf jeden Fall wert sein.“

„Klingt nach einem Plan. Danke noch mal.“

„Jederzeit gerne. Und falls du später noch nichts vorhast – meine Mom bringt überbackene Ziti vorbei. Offensichtlich ist sie der Ansicht, dass sie keiner von uns dreien das Kochen beigebracht hat; und sie macht immer genug, um ein ganzes Marine-Bataillon zu versorgen. Wir hätten auf jeden Fall nichts dagegen, die Kalorien mit jemandem zu teilen.“

Angie kicherte. Sie bezweifelte, dass die drei Schwestern auch nur den blassesten Schimmer hatten, was italienisches Essen den Hüften einer Frau über dreißig antun konnte. Andererseits könnte, abhängig vom Ergebnis von Onkel Vitos und Cousin Giovannis Arbeit, ein wenig Hausmannskost zum Abendessen vielleicht hilfreich sein. „Ich gebe dir Bescheid.“

Mina verschwand mit einem Winken durch die Tür und überquerte im Laufschritt den Rasen, als der Klingelton zu hören war, den Angie in ihren Kontakten ihrer Mutter zugeordnet hatte.

„Hi Mom.“

„Hey mein Schatz. Wie ist dein Tag?“

„Der Boiler hat den Geist aufgegeben.“

„Oh nein. Immerhin bist du jetzt damit durch."

„Damit durch?"

„Es heißt, dass Unglück immer im Dreierpack auftritt. Erst deine Spülmaschine, dann der Ersatzreifen und jetzt der Boiler. Damit müsste deine Pechsträhne vorbei sein. Den Rest des Jahres sollte es keine Probleme mehr geben."

Natürlich musste ihre Mutter sie an den Vorfall mit dem Auto erinnern. Angie hatte neulich einen Reifen ihres Wagens platt wie einen Pfannkuchen vorgefunden und bald darauf feststellen müssen, dass der Ersatzreifen keine Hilfe darstellte. Beide Reifen hatten ersetzt werden müssen. Hoffentlich behielt ihre Mom recht damit, dass sich Angie nun wenigstens den Rest des Jahres keine Sorgen mehr um irgendwas machen musste.

„Und was ist bei dir so los?"

„Na ja", ihre Mutter klang jetzt fröhlicher, „ich habe mich für eine Veränderung entschieden."

Angie war sich nicht sicher, ob ihr gefallen würde, was als Nächstes kam. „Ach ja? Was für eine Veränderung?"

„Ich mache Urlaub."

Erleichterung durchströmte sie. So lange Angie denken konnte, hielt jeder Julia Cannon für eine liebenswerte und warmherzige Frau. Für Angie war ihre Mutter ihre beste Freundin, ihre Cheerleaderin Nummer eins und immer die Schulter gewesen, an der sie sich ausweinen konnte, wenn das Leben mal wieder nicht ganz fair schien. Alles, was am Leben gut war und Spaß machte, hatte Angie von ihrer Mutter gelernt. Abgesehen davon, dass Julia seit dem Tod von Angies Vater in gewisser Weise zur Stubenhockerin geworden war. In den letzten Wochen hatte sie sich merkwürdig verhalten. Sie war weniger gesprächig und beschäftigter als sonst gewesen. Nicht, dass das schlimm wäre.

Angie wollte, dass ihre Mutter ein erfülltes Leben hatte, dennoch konnte sie einfach nicht anders, als sich immer ein wenig Sorgen um sie zu machen. Von den wenigen engen Freundinnen, die ihre Mutter hatte, war nur eine unverheiratet und konnte sie möglicherweise in den Urlaub begleiten.

„Wie schön. Und mit wem verreist du? Mit Mabel aus deiner Canasta-Runde?"

„Nein." Als ihre Mom daraufhin einige Sekunden schwieg, kehrte das nervöse Gefühl in Angies Magen zurück. „Ich mache eine Kreuzfahrt."

„Allein?"

Ihre Mom räusperte sich. „Nein."

Angies ungutes Gefühl nahm zu, während sie darauf wartete, dass ihre Mutter den Rest ausspuckte.

„Ich werde heiraten."

Eine weitere Stunde an seinem Schreibtisch, und Devon Miller war überzeugt, dass er dauerhaft schielen würde.

„Wenn du eine Frau und eine Familie hättest, würdest du nicht so viel arbeiten." Sein Dad, der in der Tür stand, stieß ein leises Seufzen aus. „Im Ernst, es ist lange nach Feierabend. Du solltest wirklich Schluss machen."

Für Dev war Raymond Miller der perfekte Vater gewesen. Trotz seiner Unternehmenskarriere, bei der er stets unter Druck gestanden hatte, war er bei jeder Sportveranstaltung und jeder Schulaufführung dabei gewesen, hatte täglich seine Hausaufgaben kontrolliert, an sämtlichen Vater-Sohn-Camping- und Pfadfinder-Ausflügen und vielen anderen Aktivitäten nach der Schule teilgenommen. Er hatte Devon all die

Unterstützung gegeben, die er brauchte, um das College und seinen MBA zu schaffen. Sowohl seine Mutter als auch sein Vater hatten dafür gesorgt, dass seine Kindheitserinnerungen allesamt an verdammt idyllisch grenzten. Leider war Raymond Miller als Rentner ein kleiner Nörgler geworden.

„Schön dich zu sehen, Pa." Dev löste die Finger von der Mouse und klappte seinen Laptop zu. Die Uhr an der Wand verriet ihm, dass es halb acht und damit tatsächlich Zeit war, den Arbeitstag zu beenden. Sonst würde er wirklich anfangen zu schielen. „Du bist gerade noch pünktlich gekommen, um ein Steak zum *Abendessen* zu braten, das die Bezeichnung verdient und noch kein Mitternachtssnack ist."

„Ehrlich gesagt habe ich schon gegessen."

Dev warf einen weiteren Blick auf die Uhr, um sich zu vergewissern, dass er sich nicht vertan hatte. Sein Vater hatte schon immer eher spät zu Abend gegessen.

„Lass uns eine Runde spazieren gehen."

„Spazieren gehen?" Er und sein Vater unternahmen viel zusammen, aber Abendspaziergänge gehörten nicht dazu.

Dev stieß sich vom Schreibtisch ab und richtete sich zu seiner vollen Größe auf. Sein Verstand unternahm einen halbherzigen Versuch, sämtliche Möglichkeiten durchzugehen, warum sein Vater so ernst aussah und ein Spaziergang als Ablenkung erforderlich war, um Dev zu erzählen, worum es ging.

„Mach dir keine Sorgen." Kopfschüttelnd ging ihm sein Dad durch den Flur voraus.

„Was?" Es war ein langer Tag für Dev gewesen, aber normalerweise fiel es ihm trotzdem nicht so schwer, seinem Vater gedanklich zu folgen.

„Ich sterbe nicht oder so." Sein Vater bleib auf der Haustürschwelle stehen. „Ich möchte mich einfach nur mit dir unterhalten, ohne ständig vom Klingeln oder

Vibrieren irgendwelcher elektronsicher Geräte gestört zu werden."

Trotz der beruhigenden Bemerkung über den Gesundheitszustands seines Vaters konnte sich Dev nicht entspannen. Der Ausdruck auf dem Gesicht seines Dads hätte jedem Sohn mit Augen im Kopf klar gemacht, dass es in dem folgenden Gespräch nicht darum gehen würde, wie er am besten Kalorien reduzieren konnte und dass er seinen Kaffee ab jetzt ohne Zucker trinken würde. Aber worum ging es dann?

Die Haustür fiel hinter ihnen ins Schloss, und sein Vater wartete, bis sie den Vorgarten hinter sich gelassen hatten, bevor er wieder das Wort ergriff. „Es ist lange her, dass deine Mutter gestorben ist."

Dev nickte. Er hatte gerade das College abgeschlossen, als seine Eltern ihm mitgeteilt hatten, dass seine Mutter eine Krebsdiagnose erhalten hatte. Sie hatten schon eine ganze Weile gewusst, dass es ein aussichtsloser Kampf war, aber nicht gewollt, dass Devs letztes College-Jahr oder seine Noten unter der Sorge um seine Mom litten. Schon damals hatte er bezweifelt, dass es die Reihe an Partys und anderen Eskapaden die verpassten Wochenenden mit seiner Mutter wert gewesen waren, aber mit der Zeit hatten die Schuldgefühle nachgelassen, und er hatte verstanden, dass ebendiese Schuldgefühle auf seiner Mutter gelastet hätten, wäre er an jedem Wochenende nach Hause gekommen, anstatt sein letztes College-Jahr zu genießen. Es hätte ohnehin nichts geändert. Wenigstens war ihm nach der Offenbarung seiner Eltern noch ein wenig Zeit mit seiner Mutter geblieben – wenn auch nicht genug.

„Und du weißt, dass ich in letzter Zeit häufiger im Seniorenzentrum bin."

Als ihm sein Vater, der sich eigentlich vehement weigerte, sich als alt zu betrachten, erzählt hatte, dass er seit ein paar Monaten ins Seniorenzentrum ging, hatte Dev vermutet, dass es etwas mit der Suche nach weiblicher Gesellschaft zu tun haben könnte. Eine plötzliche Erinnerung aus seinen Teenagerjahren an den ernsten Gesichtsausdruck seines Vaters und sein eigenes Bedürfnis, die Flucht zu ergreifen, als sie über das Erwachsenwerden im Allgemeinen und Mädchen im Besonderen gesprochen hatten, blitzte in seinen Gedanken auf. Und nun redeten sie wieder über die Bienchen und die Blümchen, nur dass es heute wahrscheinlich mehr um seinen Vater ging als um die Kontrolle der ausufernden Hormone eines Teenagers. Er hätte viel darauf gewettet, dass sein Vater jemanden suchte, mit dem er Zeit verbringen konnte. Vielleicht hatte er sie aber auch schon gefunden. Auf einmal ergab die ganze Sache mit dem Spazierengehen Sinn. Sein Vater hatte eine Freundin. Obwohl er das Dev genauso gut auf dem Sofa im Wohnzimmer hätte erzählen können.

„Sie bieten da jede Menge Aktivitäten und Unternehmungen an. Und man lernt neue Leute kennen."

Dev gab sein Bestes, nicht zu grinsen, während er den Versuchen seines Vaters lauschte, das Thema anzugehen. Er nickte nur und schwieg.

„Auch wenn es was anderes ist, als damals Dinge mit deiner Mom zu unternehmen."

Die Freude darüber, dass sein Dad jemanden gefunden hatte, fiel in sich zusammen wie ein Ballon, aus dem man die Luft herausließ.

„Vor ein paar Wochen habe ich mich auf einer dieser Online-Plattformen umgesehen."

„Online-Plattformen?" Guter Gott. Hatte sich sein Dad etwa auf einer Dating-Website angemeldet?

„Du weißt schon. So ein Portal, wo man Leute mit ähnlichen Interessen kennenlernen kann."

Jepp, Dev wusste schon. Vor einiger Zeit hatte ihn

sein Freund Pete mit dem Argument, dass Dev viel zu jung sei, um so viel zu arbeiten und sich so wenig mit Frauen zu treffen, dazu überredet, eine dieser Dating-Apps auszuprobieren. Er hatte ein paar nette Frauen kennengelernt, wenn auch keine, die besonders sein Interesse geweckt hätte, und einige eher seltsame Dates waren auch darunter gewesen. Ihn beschlich ein ungutes Gefühl. Menschen im Alter seines Vaters mussten sich im World Wide Web vor Betrügern und Leuten in Acht nehmen, die lediglich hinter ihrem Geld her waren und nur auf einen freundlichen älteren Herrn warteten, den sie ausnehmen konnten.

„Ich habe jemanden kennengelernt."

Damit war es raus. Jetzt war die Frage, wie er unauffällig mehr über die neue Bekanntschaft herausbekam, ohne seinem Vater damit auf die Füße zu treten. „Dann magst du sie also?"

Die Miene seines Dads hellte sich auf, als er nickte. Es war lange her, dass Dev ihn auf diese Weise hatte lächeln sehen. Und plötzlich wurde Dev klar, wie viel hier gerade auf dem Spiel stand, und er betete, dass es sich bei der neuen Freundin tatsächlich um eine freundliche ältere Dame handelte, die selbst nach einem Partner suchte, und nicht um eine Frau, die ihn ausnehmen wollte.

Sein Dad schenkte ihm im Gehen ein Grinsen von der Seite. „Ich glaube, du wirst sie auch mögen."

„Großartig." Im Zweifel zu ihren Gunsten … Warum sollte er sich Sorgen machen, bevor es Anzeichen dafür gab, dass etwas nicht stimmte. „Wann lerne ich sie kennen?"

Sein Vater fuhr sich mit einer Hand in den Nacken. „Ähm … genau da liegt das Problem."

„Problem?" War das das erste Anzeichen? Diese Unterhaltung fühlte sich an wie eine Achterbahnfahrt, bei der er niemals wusste, wann die nächste Bemerkung aufs Neue sein Misstrauen auf den Plan rufen würde.

„Also ... ich werde eine kleine Reise unternehmen."

Dev nickte wieder, während er auf die nächste große Offenbarung wartete. Immerhin ging er nicht davon aus, dass sein Vater vorhatte, die kleine Reise allein anzutreten.

„Eine Kreuzfahrt, um genau zu sein."

„Kreuzfahrt?" Eine interessante Urlaubswahl für einen Mann, der behauptete, keine Strände zu mögen.

Nun war es sein Dad, der nickte. Als sie die nächste Ecke erreichten, drehte er sich um, um zu Devs Haus zurückzugehen. „Ich hab schon fast alles fertig gepackt. Morgen fliege ich nach Florida. Das Schiff legt am Tag darauf ab."

„Das ist ja schon ganz bald." Dev bemühte sich um Konzentration auf die Fakten. „Wie lange bist du unterwegs?"

„Zwei Wochen." Sein Dad sah stur geradeaus, die Lippen fest zusammengepresst, als würde es ihm auf einmal schwerfallen, die richtigen Worte zu finden.

Vielleicht sollte Dev ihm ein wenig helfen. „Und deine neue Bekannte begleitet dich?"

Die Anspannung in den Schultern seines Vaters schien ein wenig nachzulassen. „Um ehrlich zu sein, ja."

Falls das überhaupt möglich war, schien Dev diese Unterhaltung mit seinem Dad noch merkwürdiger als das Gespräch, das sie geführt hatten, als er auf der Junior High gewesen war.

„Mir ist bewusst, dass wir uns noch nicht sehr lange kennen", fuhr sein Vater fort, „aber in unserem Alter hat man keine Zeit zu verlieren, wenn man die richtige Partnerin gefunden hat."

Dev hatte selbst einen Punkt in seinem Leben

erreicht, an dem er verstand, dass er keine Zeit verschwenden wollte, aber irgendetwas stimmte nicht. „Wie lange kennst du sie schon?"

„Etwa zwei Wochen."

„Zwei Wochen?" Dev klappte hastig den Mund zu, um seine Überraschung zu verbergen. Selbst wenn diese Person real war und keine Betrügerin, waren zwei Wochen nicht lang genug, um gemeinsam in den Sonnenuntergang zu segeln.

„Ich schätze, ohne diese neumodische Art, Video-anrufe zu führen, hätten wir uns nicht so schnell entschieden." Wieder fuhr sich sein Vater mit einer Hand in den Nacken. „Ich meine, um deine Mutter habe ich auch viel am Telefon geworben, aber diese Sache mit den Video-Calls ist etwas ganz anderes."

„Stimmt." Was sollte Dev sonst sagen? Zumindest war mit einem Gesicht zum Namen auszuschließen, dass es sich um einen Betrüger handelte. Und welches Recht hatte er, seinem Vater die gute Laune zu vermiesen? Was konnte ein kleiner Urlaub mit einer Frau schaden? Schließlich war es nicht so, als hätte Dev in der Vergangenheit nicht selbst oft recht schnell mit der ein oder anderen Frau angebandelt.

Zurück an der Haustür blieb sein Vater stehen, straffte die Schultern und reckte das Kinn, bevor er tief Luft holte und ein schwarzes Samtschmuckkästchen aus seiner Tasche holte. Mit zitternden Fingern klappte er es auf.

Der funkelnde Edelstein blendete Dev fast. Seine Mutter hätte so etwas nie getragen. Das Schmuckstück musste seinen Vater ein kleines Vermögen gekostet haben.

„Findest du nicht, dass es ein bisschen übertrieben ist, einer Frau, die du erst seit ein paar Wochen kennst, so einen Ring zu schenken?

„Diese Frau ist etwas Besonderes. Sie verdient das Beste."

Ein Punkt für die Goldgräberinnen-Theorie.

„Außerdem hat diese Reise", Raymond Miller räusperte sich, „äh ... ein Motto."

„Du meinst so was wie ‚Die wilden Siebziger' oder ‚Der große Gatsby'?"

Sein Vater klappte den Deckel der kleinen Schatulle zu und steckte sie zurück in seine Tasche. „Es ist eine Hochzeitskreuzfahrt."

# ÜBER CHRIS KENISTON

Chris Keniston ist Autorin von vierzig zeitgenössischen Romanen und lebt mit ihrem Mann, zwei menschlichen Kindern und zwei Hundekindern in einem Vorort von Dallas. Obwohl sie beide Hunde gleichermaßen liebt, gibt sie zu, eine ganz besondere Bindung zu ihrem Deutschen Schäferhund aus dem Tierheim zu haben. Schließlich verdienen auch Hunde ein Happy End.

Auf www.chriskeniston.com erfahren Sie mehr über Chris Keniston und ihre Bücher.

Folgen Sie Chris Keniston auf Facebook unter dem Namen ChrisKenistonAuthor und auf Twitter unter dem Namen @ckenistonauthor.

# MEHR BÜCHER

# VON CHRIS KENISTON

Weitere Bücher der Flitterwochen Reihe:
Flitterwochen allein
Flitterwochen zu dritt
Flitterwochen zu viert
Flitterwochen zu fünft
Flitterwochen zu sechst